요네자와 호노부와 고전부

일러두기 ◎ 이 책에 소개된 작품 중 국내 출간된 경우 해당 출판사의 허락을 받아
한국어판 표지와 서지 정보를 실었으나, 일부는 예외적으로 일본어판 표지를 그대로 사용했다.

요네자와 호노부와 고전부

The Memories of Classic Club

엘릭시르

contents

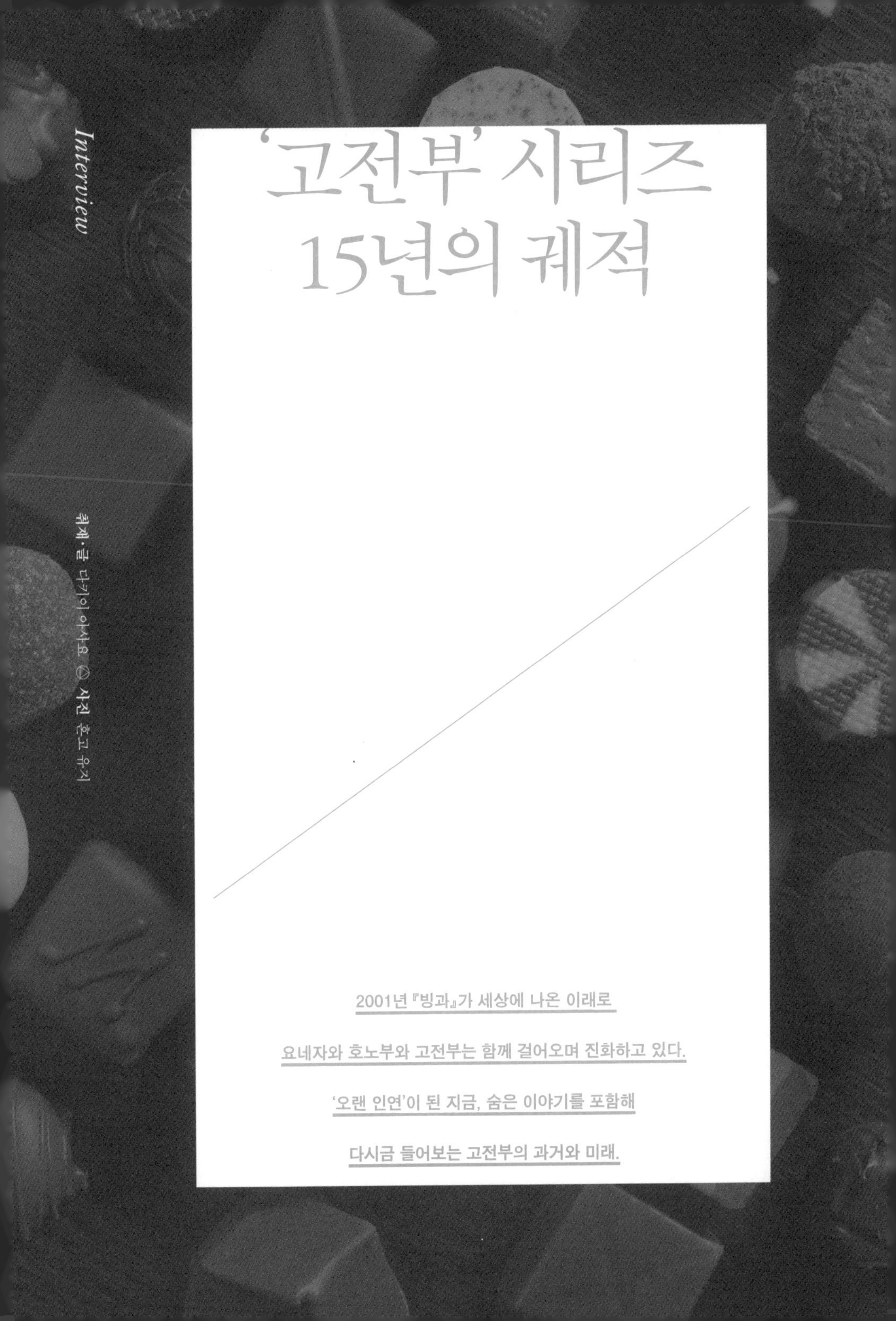

Interview

'고전부' 시리즈 15년의 궤적

취재·글 다키이 아사요 사진 혼고 유지

2001년 『빙과』가 세상에 나온 이래로

요네자와 호노부와 고전부는 함께 걸어오며 진화하고 있다.

'오랜 인연'이 된 지금, 숨은 이야기를 포함해

다시금 들어보는 고전부의 과거와 미래.

—— 1999년, 대학 졸업논문과 병행해 집필한 『빙과』 프로토 타입이 '고전부' 시리즈의 시작이었다고 들었습니다.

요네자와 그렇습니다. 프로토 타입의 주인공들은 대학생이었지만, 투고 작품을 쓰면서 고등학생으로 수정했습니다. 그들의 세계를 다운사이징하고 싶었기 때문입니다. 대학생은 가려고만 하면 어디든 갈 수 있지만 고등학생의 세계는 좁은 배움터 안에서 완결됩니다. 그 안에서 시간축이라는 세로 방향의 여행을 이야기하는 게 제가 쓰고 싶은 내용에 어울린다고 생각했습니다.

—— 『빙과』는 학교에서 과거에 일어난 일에 대해 고등학교 고전부 네 사람이 진상을 찾아가는 내용입니다. 그 수수께끼의 아이디어는 어디서 왔습니까?

요네자와 기타무라 가오루 선생님의 『로쿠노미야 공주』를 읽은 영향이 컸습니다. 아쿠타가와 류노스케의 창작에 얽힌 수수께끼를 푸는 이야기인데, 다양한 풀이가 가능한 '일상의 수수께끼' 스타일에 놀랐습니다. 집단의 광기 속에서 희생되어간 사람들의 이야기를 쓰고 싶었는데, 그때 '아아, 미스터리로 써보고 싶다'고 생각했지요.

── 주인공 오레키 호타로는 불필요한 일은 싫어하는 에너지 절약주의 소년. 오레키나 다른 캐릭터는 어떻게 태어났습니까?

요네자와 오레키는 탐정 역할의 캐릭터입니다. 탐정은 사람의 마음속을 거리낌 없이 헤집을 때가 있죠. 직업이라면 몰라도 일개 학생이 기꺼이 할 일은 아닙니다. 기꺼이 한다면 그건 사람의 마음을 모르는 아이라는 뜻밖에 되지 않습니다. 망설이는 단계가 있었으면 했습니다.

지탄다 에루는 호기심으로 사건을 가져와서 주인공에게 해결을 요청하는 의뢰인 역할입니다. 다음으로 나온 게 이바라 마야카입니다. 지탄다의 친구로 독자에 가까운 시야를 가진 인물. 미스터리 해결에서 '평범하게 생각하면 이렇겠지' 하는 견해를 제공해주는 역할입니다. 마지막으로 주인공의 파트너, 왓슨 역으로 후쿠베 사토시가 나왔습니다.

── 대학 4학년 때 『빙과』를 완성하고 가도카와 학원 소설 대상 영 미스터리&호러 부분에 응모해서 장려상을 수상하며 데뷔하셨는데요, 처음에는 이 상에 응모할 생각이 없었다고요.

요네자와 연말에 마감이 가까운 다른 상에 응모할 생각이었는데 레이저프린터 토너가 떨어졌어요. 가까운 전기 제품 매장에 문의했더니 마쓰모토 시에만 재고가 있다는데 멀어서 포기하고, 다음으로 마감이 가까웠던 상에 투고했습니다.

── 졸업 후 서점에서 일하며 소설을 쓰다가 입선 연락을 받은 거군요.

요네자와 그날 심사 결과가 나오는 줄 모르고 퇴근길에 조금 놀다가 늦게 집에 돌아오니 가족들이 수상 연락을 받았다는 거예요. 결국 저는 환희의 전화를 받지 못한 거죠(웃음).

── 저런……(웃음). 그나저나 두 번째 작품 『바보의 엔드 크레디트』는 그후에 쓰셨나요?

요네자와 아니요, 결과가 나오기 전에 1장까지는 써두었습니다. 애착이 가서 그들의 이야기를 더 쓰고 싶었거든요. 고전부 이야기는 제 학창 시절의 경험을 바탕으로 쓰고 싶어서, 문화제에서 영화를 만드는 이야기를 쓰기로 했습니다. 저도 고등학교 3학년 때 비디오 영화 각본을 썼거든요. 탐정이 연쇄살인 사건을 추리하는 이야기였죠.

── 『바보의 엔드 크레디트』에도 문화제에 선보일 단편영화의 각본에 연쇄살인 사건이 나오죠. 하지만 결말이 없었기 때문에 오레키와 친구들이 해결편을 추리하게 되는데요.

요네자와 거기서는 살인 사건을 쓰고 싶었어요. 고전부에서 쓰려면 작중 픽션으로 넣는 수밖에 없죠. 그리고 제가 문화제 비디오 영화의 각본을 쓴 경험이 있어 재료도 갖춰져 있었고요.

── 후기에서 앤서니 버클리의 『독 초콜릿 사건』을 언급하셨는데, 직접 그런 추리 대결을 써보고 싶었던 건가요?

요네자와 그런 형식의 미스터리는 논리가 선행하는 스타일의 제 문장과 잘 어울린다고 생각했어요. 『빙과』 해결편 장면도 모두가 추리를 펼치는 갑론을박으로 진행되는데, 그것도 축소판 『독 초콜릿 사건』이라고 생각하며 썼습니다. 축소판이 아니라 한 권의 책으로 담아낸 게 『바보의 엔드 크레디트』인 거죠.

── 다른 출판사에서 나온 『안녕 요정』이 사실은 고전부 세 번째 작품이 될 예정이었다던데, 무슨 일이 있었던 건가요?

요네자와 두 번째 작품까지 냈던 '스니커 미스터리 클럽' 레이블이 휴간되었거든요. 그래서 이미 써두었던 다음 작품을 내지 못하게 되었죠. 마침 그 무렵 도쿄소겐샤 편집자께서 연락을 주셔서 수중에 여유 원고가 없는지 물어보시기에 허공에 떠 있던 원고를 넘겼더니 읽어보시고 "이건 세상에 꼭 나와야 할 소설입니다"라고 말씀해주셨어요. 그래서 가도카와 서점 편집자와 셋이 따로 만나서 "저희 회사에서는 내기 어려우니 잘 부탁드립니다"라는 말씀을 듣고 리메이크한 게 『안녕 요정』입니다.

── 『안녕 요정』에 등장하는 다치아라이 마치는 그후 『왕과 서커스』나 『진실의 10미터 앞』에도 등장하는데요, 고전부에서 다치아라이에 대응하는 건 누구였습니까?

요네자와 그게 실은 없어요. 다치아라이는 리메이크할 때 처음 등장했습니다.

── 그랬군요! 그런 우여곡절을 겪고 3년 후에 '고전부' 시리즈가 재개된 거군요.

요네자와 다행히 『안녕 요정』과 마찬가지로 도쿄소겐샤에서 나온 『봄철 한정 딸기 타르트 사건』을 많이들 읽어주신 덕분이죠. 그래서 '고전부' 두 작품을 새로이 가도카와문고 레이블에 넣어서 세 번째 작품 『쿠드랴프카의 차례』를 새로 소프트커버로 낼 수 있게 됐습니다.

이건 가을 문화제 당일의 이야기인데, 앞선 두 작품에서 문화제를 다루었으니 당일 이야기를 쓰는 게 마땅하죠(웃음). 이때는 다시점 형식으로 쓰고 싶었어요. 사흘에 걸쳐 고전부 친구들이 어느 시점에 학교의 어디에 있고, 각각의 이야기가 어디에서 어떻게 얽히는지, 네 사람 몫의 설계도를 만드는 게 힘들기도 했지만 즐겁기도 했습니다. 뭐, 오레키는 거의 움직이지 않으니 실질적으로는 세 사람 몫이었지만요. 전작에서 각본을 쓰지 못하게 된 인물도 미스터리 작품상의 도구로 존재한 게 아니라 개인적인 생각이나 사정이 있었다는 결말로 만든 이상,

고전부 네 사람도 단순히 미스터리 작품에서 주어진 역할만 하는 존재는 아니길 바랐어요. 그런 의미로는 『쿠드랴프카의 차례』는 하나의 전환점이었죠.

—— 2년 후에 나온 단편집 『멀리 돌아가는 히나』에서는 등장인물들이 고등학교 1학년이었던 일 년 동안 일어난 일들을 그리셨는데요.

요네자와 앞으로도 그들이 1학년 때 겪은 일들을 줄기차게 쓸 수는 있지만, 시간을 확실하게 따라가자고 결심한 게 그 무렵이었습니다. 시간을 따라가지 않으면 소설적으로 놓치는 부분도 있고, 무엇보다 그

들을 성장시키고 싶었어요. 여기에 실린 「해야 할 일은 간략하게」는 G. K. 체스터턴 같은 역설적 감각으로 썼다는 생각이 듭니다. 「기억이 있는 자는」은 해리 케멀먼의 『9마일은 너무 멀다』, 「새해 문 많이 열려라」가 자크 퓌트렐의 『13호 독방의 문제』로 들어가는 입구가 되길 바랐다는 말은 후기에도 썼습니다. 원래 이 시리즈는 청년층에 미스터리를 널리 알리기 위한 레이블에서 시작된 작품이니 과거의 명작 미스터리로 이어지는 가교 같은 역할을 할 수 있다면 기쁘죠.

—— 3년 후에 나온 다음 작품 『두 사람의 거리 추정』에서 마침내 아이들은 2학년이 되어 5월 마라톤 대회를 맞이하는데요.

요네자와 『멀리 돌아가는 히나』 언저리부터 학교 밖 세상도 나오기 시작합니다. 마이클 르윈의 『인디애나 블루스』의 원제 'Ask the Right

Question'을 봤을 때 "적절한 질문을 단 한 번만 할 수 있는 종류의 미스터리구나"라고 상상했는데요, 나중에 읽어보니 완전히 다른 내용이었지만(웃음) 제가 상상한 걸 읽어보고 싶었어요. 장거리 이동에 맞춰서 이야기가 진행된다는 점에서는 스티븐 킹의 『롱 워크』도 머릿속에 있었습니다. 거기에 제 학창 시절의 경험을 쓴다는 점에서는 고등학교 시절의 마라톤 대회가 강렬하게 인상에 남아 있었던 영향이 커요. 산악 지대를 15킬로미터나 달리는 대회였거든요.

—— 후배의 등장으로 고전부 멤버들의 또 다른 측면도 보입니다.

요네자와 그들을 언제나 똑같은 모습으로 등장시키면 쓰기도 편하고 즐겁지만, 시간의 흐름을 따라가겠다고 결심한 이상 그것만 쓸 수는 없었습니다. 외부에서 새로운 사람이 유입되면서 발생하는 변화를 쓴 게 『두 사람의 거리 추정』이고, 그들 스스로 변할 수밖에 없는 게 『이제 와서 날개라 해도』인 거지요.

—— 지금 말씀하신 거의 6년 만의 신작 단편집 『이제 와서 날개라 해도』에는 이바라 시점의 단편이 두 편 들어 있는데요.

요네자와 잡지에 이미 이바라 시점의 「거울에는 비치지 않아」를 썼던 터라 「우리 전설의 책」은 후쿠베 시점으로 쓸까도 고민했습니다. 하지만 그건 단순히 단편집의 균형을 맞추기 위한 선택이지, 소설적으로는 잘못된 거죠. 소설의 필연성으로 따지면 아무래도 이바라가 화자인 소설이 아니면 이상해서 그녀 시점의 이야기가 두 편 들어가게 됐습니다.

「수제 초콜릿 사건」(『멀리 돌아가는 히나』 수록) 속에서 사토시의 심경을 어느 정도는 그려냈다고 생각하고, 사토시도 앞으로 '넓고 얕게' 어른이 되지는 않을 거라 믿기 때문에 그 부분도 조금씩 써가고 싶네요.

—— 이번에 표제작에서 여름방학을 맞이한 지탄다가 고민에 빠지는데요.

요네자와 그 줄거리는 3, 4년 전부터 정해놨습니다. 다만 플롯이 아니라 소설로 썼을 때야 비로소 지탄다는 이런 마음을 품고 있었다는 명확한 인상이 제 안에 자리를 잡았어요. 다른 기획에서 고전부 네 사람의 책장을 구상했을 때, 지탄다의 책장만큼은 좀처럼 쓰질 못했습니다. 지탄다는 보장된 장래를 받아들이는 동시에 고민하는 행위를 거의 금지당한 상태였던 셈인데, 이번에 그 토대가 무너진 그녀를 그림으로써 이 사람은 그동안 이런 책을 읽었을지도 모른다는 상상이 가능하게 됐습니다.

애초에 최초의 프로토 타입에서 지탄다는 수수께끼를 운반하기만 하는 로봇이나 다름없는 공허한 인물이었어요. 그녀는 어떤 사람인지, 그 내면을 15년 세월을 들여 써왔다는 생각도 듭니다.

—— 한편 '소시민' 시리즈도 고등학생들이 주인공인 청춘 미스터리인데, '고전부' 시리즈와의 차이를 어떻게 의식하고 계십니까?

요네자와 미스터리 소설에 나오는 세계는 미스터리의 상식으로 꾸민 세계에요. 탐정 역할이 여행지에서 번번이 살인 사건을 맞닥뜨리는 경우는 실제로는 없는 일이니까요. '고전부'는 그런 미스터리 세계에서 벗어나는 한편, '소시민' 시리즈의 등장인물들은 보다 확고한 미스터리 세계의 주민입니다. 외출하면 사건을 만나죠. 이쪽도 연말에는 단편을 집필할 예정입니다.

—— 당연히 '고전부'의 향후도 신경 쓰이는데요.

요네자와 다음은 지탄다가 겪은 일을 바탕으로 그들의 여름방학을 쓰게 될 것 같습니다. 그다음이나 또 다음에는 수학여행을 쓰고 싶어요. 모든 작품이 소중하지만 '고전부'는 가장 오랜 인연이라 역시 정이

갑니다. 다만 인연이 길어지면 타성으로 쓰게 되니 안주하지 않도록 의식하면서 쓰려고 합니다.

호랑이와 게, 혹은 오레키 호타로의 살인

'고전부' 시리즈 신작 단편

일러스트 ⓒ 아즈미무시

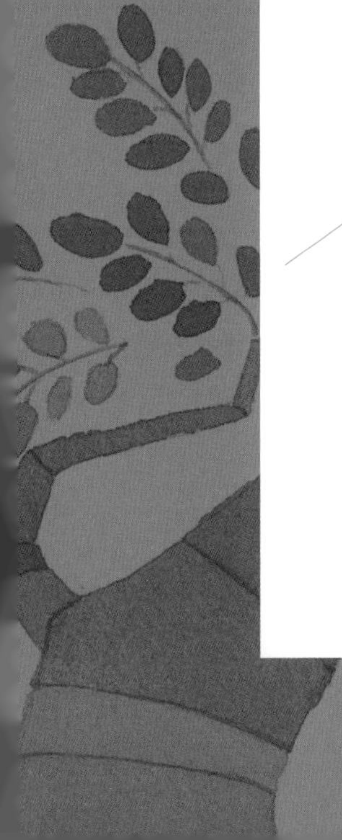

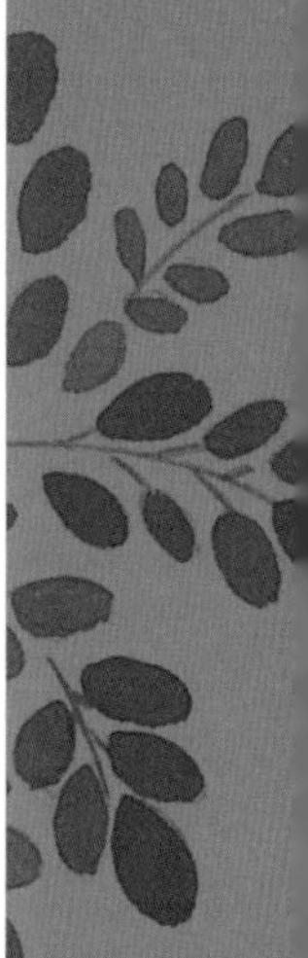

어느 날, 오히나타가 가부라야 중학교에서 배포했던

『독서 감상 예문』이라는 제목의 책자를

지학 교실에 가져온다.

일동은 흥미진진해하지만 호타로는 안절부절못하는데.

호랑이와 게, 혹은 오레키 호타로의 살인

나쁜 짓은 할 게 못 된다. 과거는 언젠가 탄로난다. 젊은 치기였다, 그때는 누구나 그랬을 거다, 하고 필사적으로 변명해도 확고한 증거 앞에서는 정상참작도 바랄 수 없다. 옛날에 쳐놓은 덫에 자기가 빠지는 꼴이라, 요전에 읽은 문고본에서 인용하자면 한 치 앞도 알 수 없는 운명은 어디서 함정이 입을 벌리고 있는지 모르는 법이다. 가급적 깨끗하게 살자, 그렇게 결의하게 된 것만으로도 오늘 이 자리에서 구악舊惡을 드러내는 정신 고문을 견뎌낼 가치는 있는 것이다.

어느 화요일, 지학 교실에는 드물게 고전부가 모두 모여 있었다. 어째서 유독 이날에 모두 모였을까, 보통은 두세 명밖에 없지 않나, 이 점도 분통하다. 1학년 오히나타가 의기양양하게 "가져왔어요!"라며 그 책자를 책상에 펼쳤을 때는 뭐랄까, 지금까지 버리고 잊어버린 것에 매복을 당한 기분마저 들었다.

"와, 추억의 물건을 가져왔네. 그러고 보니 이런 것도 있었지."

가볍게 말하는 사토시 옆에서 이바라가 감탄했다.

"용케 찾았네. 히나, 물건을 잘 보관하는구나."

오히나타는 보란 듯이 가슴을 폈다.

"그렇죠? 친구들한테도 그런 말 자주 들어요."

그렇다면 그 책자가 방과 후 지학 교실에 출현한 것은 이바라의 사주였던 모양이다. 가슴속에 솟구치는 불안을 억누르며 손에 든 책에 집중하려 했지만 마음대로 되지 않는다.

교실 뒤쪽에 있던 지탄다가 자리에서 일어나 오히나타가 책상에 올려놓은 책자를 들여다보았다.

"『독서 감상 예문』……. 이게 뭐예요?"

"어, 이건 말이죠."

그렇게 말하며 오히나타는 이바라를 힐끔 보았다. 이바라가 말을 이었다.

"가부라야 중학교에서 여름방학 전에 나눠준 거야. 갑자기 감상문을 쓰라고 하면 감이 안 올 테니 작년 감상문을 참고하라고."

"그거 하나시마 선생님이 그랬지?"

사토시가 그렇게 덧붙이자 오히나타가 "하낫치! 그립네요"라는 말을 했다. 그런 식으로 불렀나…….

"하나시마 선생님은 가부라야 중학교에서 국어를 가르치는 선생님이죠? 오레키 선배가 쓴 독서 감상문을 시 콩쿠르에 제출했다고 들었어요."

"맞아, 그 사람."

사토시는 의기양양하게 끄덕였다.

"단어의 정확성이나 구문의 올바른 사용에는 엄격했지만, 그런 기본은 지키되 자유로운 해석으로 독서 감상문을 쓰라고 했어. 이 책자는 뭐랄까, 그 정도로 자유로워도 되나 싶은 극단적인 사례였던 걸로 기억해. 삼 년 동안 해마다 받았어. 어느 중학교나 다 하는 줄 알았는데 아니었나 봐."

"인지 중학교에는 이런 건 없었어요."

현재 고전부원 중에는 지탄다만 졸업한 중학교가 다르다.

"후쿠베 씨도 참고했어요?"

"재미있었던 기억은 나는데, 참고가 됐던가……. 그보다 난 독서 감상문을 안 썼던 것 같아."

당당하게 할 말은 아니지 않나. 이바라가 한심하다는 듯 고개를 가로저었다.

"전 읽었어요. 솔직히 해마다 기다렸거든요."

오히나타의 목소리는 늘 크다.

"국어는 좋아하는 편인데, 이걸 읽으면 제 머리가 굳어 있다는 걸 깨닫게 돼요. 평범한 감상밖에 못 쓰거든요."

"그런 거라면……."

지탄다가 장난스럽게 미소 지었다.

"저도 지지 않아요."

"아하하, 상식인의 비애네요."

"맞아요."

오히나타와 지탄다가 상식인이라고 하면 왠지 수긍하기 어려운 면이 있다. 뭐, 사토시 같은 녀석에 비하면 확실히 상식적이기야 하겠지.

무심히 창밖으로 시선을 돌리자 운동장에 체육 동아리 부원들이 드문드문 보였다. 계절은 봄, 아직 벚꽃이 드문드문 남아 있다. 신입 부원을 확보한 동아리는 1학년에게 기본 소양을 가르치는 단계이리라. 고전부에는 가르쳐야 할 노하우도, 부상을 피하기 위한 유의 사항도 없으니 이렇게 의미가 있는지 없는지 모를 대화를 나누는 게 고작이다.

지탄다가 책자를 손에 들고 책장을 펼쳤다.

"「Rump–Titty–Titty–Tum–Tah–Tee」를 읽고. 어머, 작성자 이름은 이니셜이네요. K.B. 짐작 가는 사람은 두 사람뿐인데요."

"이쪽은 이름이 있어요. 아오키 가오루코."

후배들이 본다는 전제 때문에 책자 수록을 싫어하는 학생도 많았다. 시 콩쿠르에 출품한다면 어쩔 수 없지만 후배의 놀림감이 되는 건 사양하겠다는 뜻이다. 책자의 목적은 독서 감상문을 쓰기 위한 참고 자료로, 작성자 이름은 딱히 필요 없다. 그래서 익명을 희망하는 학생은 이니셜로 실렸다.

"그보다."

오히나타는 그렇게 말하며 지탄다의 손에서 가만히 책자를 빼앗았다. 몇 페이지를 들추더니, 내가 내심 말하지 말아달라고 기도한 그 말을 당당하게 입에 담았다.

"제가 보여드리고 싶은 건 이거예요. 「산월기」를 읽고…… H.O."

오히나타는 그것만 보여주고는 책자를 엎어놓았다.

"가부라야 중학교를 졸업하고 H.O.라는 이니셜을 가진 사람."

지탄다에 이어 이바라도 중얼거렸다.

"히나보다 한 학년 선배. 즉 우리와 같은 학년."

사토시가 고개를 갸웃거렸다.

"H.O.…… 호? 호란 말이지? 「산월기」처럼 유명하지만 짧고, 빨리 읽을 수 있는 작품을 독서 감상문 과제로 고를 법한,

호…….”

다들 교묘하게 사람을 괴롭힌다. 나는 문고본을 책상에 엎어 놓고 단호하게 말했다.

“난 아니야.”

오히나타가 손뼉을 치며 기뻐했다.

“그렇군요! 선배가 아니라면 마음 편히 읽을 수 있겠어요.”

말문이 막혔다.

“거짓말이야. 실은 내가 썼어.”

사토시가 쓴웃음을 흘렸고 이바라가 허리춤에 손을 올렸다.

“알고 있었어, 호타로.”

“왜 그렇게 뻔한 거짓말을 해?”

지탄다가 자애로운 미소를 머금으며 고개를 기울였다.

“조금 쑥스러웠던 거죠, 오레키 씨?”

알면 굳이 말 안 해도 될 텐데.

읽어보고 싶나요? 오히나타의 물음에 나머지 세 사람이 각양각색의 표현으로 읽고 싶다고 대답했다. 이리되면 더는 달아날 길이 없다. 뭐, 「산월기」 감상문이라면 치명상은 아니다.

“자, 그럼 지금부터 훗날에 대비해 국어 공부에 참고하기 위하여 오레키 선배의 감상문을 다 함께 읽고자 합니다만.”

오히나타는 거기까지 말하고 내 쪽을 힐끔 쳐다보더니 진지한 표정으로 말했다.

“선배가 싫다면 관둘게요.”

기시감이 든다. 지난주에도 비슷한 소리를 들었다. 대답은 변함없다.

“공개한 거니까. 마음대로 해.”

엄밀하게 말하면 중학교 후배에게 익명을 조건으로 공개한 글이지만, 정체가 들통났으니 읽지 말라고 할 수는 없다. 삼 년 전 후배들을 위한 책자에 독서 감상문을 실어도 되는지 물었을 때 설마 고등학교에 들어온 뒤에 동아리 멤버들의 입방아에 오를 줄은 꿈에도 몰랐지만. 하지만 공개라는 건 불가역적인 행위이며 애초에 조건을 붙일 수 있는 일도 아니다……. 뭐, 이건 누나가 한 말이지만.

오히나타가 생긋 웃더니 다른 녀석들을 쭉 훑어보았다.

"혹시 「산월기」는 다들 읽어보셨나요?"

지학 교실은 기묘한 정적에 휩싸였다.

내 생각에 이건 「산월기」를 읽은 사람이 없어서 깔린 침묵이 아니었다. 자기는 읽었지만 읽지 않은 누군가가 있을지도 모르니 여기서 '읽었다'고 하면 그 누군가가 민망해할지도 모른다……. 그런 배려의 침묵이었던 것 같다. 어쨌거나 가장 먼저 입을 연 사람은 사토시였다.

"어땠더라. 줄거리만이라도 알려줄래?"

"좋아요."

오히나타가 가슴을 펴고 낭랑한 목소리로 이야기했다.

"「산월기」는 나카지마 아쓰시가 쓴 굉장히 유명한 단편이에요. 과거 시험에 합격한 어느 우수한 남자가 관리보다는 시인이 되어 후세에 이름을 남기려고 일을 그만두고 시를 썼는데 마음대로 풀리지 않자, 어쩔 수 없이 재취직했지만 신입 취급을 견디지 못하고 어느 날 종적을 감춘다는 이야기로 시작되죠.

남자가 실종되고 얼마 후, 어느 관리가 일 때문에 산을 넘는데 호랑이의 습격을 받아요. 호랑이는 관리를 죽이기 직전에 수풀 속으로 뛰어들어 큰일 날 뻔했다고 말하죠. 그 목소리가 귀에 익었던 관리가 실종된 남자의 이름을 부르자 호랑이는 수풀 속에서 바로 자기라며 대답해요. 남자가 어째서 호랑이가 되고 말았는지, 호랑이가 된 남자는 매일 어떤 생각을 하고 있는지……. 저는 설명하기 어렵네요."

사토시는 아리송한 표정으로 "그런 내용이었지. 고마워"라고 했다.

책자에 손을 얹은 오히나타는 자기 일처럼 자랑스럽게 웃었다.

"전 이 H.O. 선배의 감상문을 읽었을 때 깜짝 놀랐어요. 전혀 생각 못 했던 건 아니지만 깊이 파고들려고 한 적도 없었고, 무엇보다 그걸 학교 독서 감상문으로 쓴다는 건 생각도 못 했어요. 글쓴이를 만나서 기뻐요. 악수해주세요."

오히나타와 내 책상은 떨어져 있다. 서로 허공에 손을 뻗어 가상 악수를 나누었다.

"그럼 어, 이런 느낌입니다."

엎어놓았던 책자를 뒤집더니 나를 제외한 네 사람이 나란히 고개를 맞대고 읽기 시작했다.

나는 문고본을 다시 읽는 척했지만 솔직히 집중하지 못한 것도 어쩔 수 없는 일이다. 뭐라고 썼는지는 대강 기억하고 있었다.

「산월기」를 읽고

2학년 H.O.

「산월기」를 읽었다. 재미있었다. 이징과 원참이 재회해서 다행이다. 이징이 건강해 보여서 다행이다. 장수하면 좋겠다.

집 근처에 고양이가 있는데 울음소리는 들어봤지만 말소리는 들어보지 못했다. 계속 지켜본 건 아니니 보지 않을 때 말을 했을지도 모르지만 아마 고양이는 말을 하지 못할 것이다. 입이나 혀의 모양, 후두의 형태가 인간과는 다르기 때문이다.

원참은 산에서 호랑이에게 습격을 당했다. 호랑이는 원참에게서 떨어져 수풀 속에 숨더니 "큰일 날 뻔했다"고 되풀이해 중얼거렸다. 그 목소리를 들은 원참은 "그 목소리는 나의 친구, 이징이 아닌가"라고 물었다. 호랑이는 "그러하오"라고 대답했다. 원참은 수풀을 향해 말을 걸었고 대답은 수풀 속에서 들려왔다.

고양이와 마찬가지로 호랑이의 입이나 혀, 후두도 인간과는 다르다. 가령 인간의 의식을 가졌다 해도 호랑이의 입으로 인간의 말을 하기란 불가능하거나 굉장히 더듬거릴 수밖에 없을 것이다. 앵무새가 인간의 말을 흉내 내는 것보다 훨씬 이상한 소리가 나올 것이다.

그런데 원참은 수풀 속에서 들리는 말소리를 듣고 대번에 이징의 목소리라는 걸 알아차렸다. 그렇다면 그 목소리는 이징의 것이라는 뜻이다. '호랑이는 말을 할 수 없다'와 '이징의 목소리가 들렸다'를 더하면 결론은 하나다.

수풀 속에는 호랑이와 인간 이징이 있었던 것이다.

호랑이 옆에서 무서워하지도 않고 말을 할 수 있다는 건 이징이 호랑이를 길들였다는 뜻이리라. 그는 산속에서 무엇을 하고 있었을까. 두 가지 가능성을 생각해볼 수 있다.

하나는 호랑이가 가급적 인간을 습격하지 않도록 이징이 호랑이를 통제하고 있을 경우. 이징은 남모르게 호랑이를 감시하며 사람들을 도왔다고 할 수 있다. 좋은 사람이다.

그리고 또 하나는 이징이 호랑이를 부려서 나그네를 습격했을 경우. 그리고 시체로부터 돈을 빼앗는다. 이런 짓을 하는 사람을 산적이라고 부르겠지. 나쁜 사람이다.

이징이 감시자인지 산적인지, 본인의 이야기를 듣고 간파하기란 어렵다. 이징은 시인이 아닌 자신을 부끄러워했으므로 시인 이외의 직업을 가졌을 경우, 상대가 누구라 해도 그 사실을 숨겼을 테니까. 하지만 딱 한 가지, 이거다 싶은 단서가 있다.

시인이 되지 못한 심경을 털어놓고 몇 가지 자작시를 읊은 이징은 원참에게 가족들을 돌봐달라고 부탁하면서 "사실 내가 사람이었다면 이걸 먼저 부탁했어야 했는데"라고 자조한다.

하지만 그건 조금 이상하다. 이징은 훌륭한 시인이 되지 못한 고뇌 때문에 지위도 가족도 버렸다. 친구를 만났을 때, 그 고뇌를 가장 먼저 털어놓는 게 오히려 사람다운 행동인 것 같다. 그런데 이징은 수치스러워하며 굳이 할 필요도 없는 자조적인 변명을 했다. 이유가 뭘까?

그것은 이징이 자기 가족이 무사하다는 사실을 알고 있었기 때문이 아닐까? 원참에게 가족에 대한 걱정을 늦게 털어놓는 바람에 가족이 돈도 있고 집도 있고 탈 없이 지낸다는 사실을 알고 있다는 것을 들킬까 봐, 허둥지둥 가족 이야기가 늦어진 것은 자기가 비인간적이기 때문이라는 설명을 덧붙인 게 아닐까?

가족에게 돈이 있다는 사실을 아는 건 물론 이징이 돈을 보내고 있기 때문이다. 호랑이 감시로는 돈을 벌 수 없으니, 그는 집을 떠난 뒤에 산적 노릇으로 돈을 벌고 있다고 짐작해볼 수 있다.

호랑이가 원참을 습격했을 때, 이징은 "큰일 날 뻔했다"는 말을 되풀이한다. 어쩌면 이징은 나그네가 친구 원참이라는 걸 알아차리고 그런 말을 했던 게 아닐지도 모른다. 주변은 아직 날이 밝지 않아 어두웠다. 이징이 본 것은 원참의 얼굴이 아니라 신분을 나타내는 의복이나 장신구가 아니었을까?

호랑이를 부리는 산적 이징은 오늘의 사냥감이 나라의 관리라는 사실을 습격 직전에 알아차리고 호랑이를 제지했다. 관리를 습격하면 본격적으로 호랑이 퇴치가 시작될 것이다. 군대도 올지 모른다. 그래서 이징은 "큰일 날 뻔했다"는 말을 되풀이했다. 큰일 날 뻔했던 것이다.

이징이 무사한 건 다행이지만 그의 직업은 위험하다. 오래 살지는 못할지도 모른다고 「산월기」를 읽으며 생각했다.

'하아'인지 '호오'인지 모를 한숨 소리가 들렸다. 그게 누구의 한숨 소리인지는 모르지만 감탄사가 아니라는 건 알 수 있었다. 선수필승이라는 말이 있다. 무슨 소리를 듣기 전에 기선을 제압해야 한다.

"중학생은 별 시시한 생각을 다 한다고 볼 수 있겠군."

사토시가 부정했다.

"아니, 아니, 제법이야. 얕볼 수 없어. 중2 때 호타로가 특별히

별종이었던 것 같진 않았는데, 미처 못 알아봤어."

오히나타는 유난히 기뻐 보였다.

"저는 원참은 호랑이가 말하는 걸 직접 보지는 못했다는 사실조차 깨닫지 못했어요. 좋아하는 이야기라 몇 번이나 읽었는데."

한편 이바라는 떨떠름한 표정이다.

"재미는 있는데……. 그냥 그런 이야기라고 받아들이면 안 돼? 이건 호랑이가 말을 하는 이야기라고 이해하고 읽었는데."

"물론 그래도 되고말고."

나도 진심으로 이징이 산적이라고 생각한 건 아니다. 뒤틀린 마음을 호랑이에 빗댄 비유를 이해 못 한 것은 아니다. 다만 '그냥 그런 이야기'라고 받아들이는 고분고분한 태도를 취하지 않고, 적혀 있는 사실로만 판단하면 이렇게 읽을 수도 있지 않나 하는 순수한, 혹은 심술궂은 장난을 쳤을 뿐이다. ……물론 조금 자극적인 결론에 도달하기 위해 자의적으로 해석한 것도 사실이라, 국어 교사 하나시마는 이 감상문을 읽고 쓴웃음을 흘리며 "재미있지만 너무 재미있어서 시시하구나"라고 했다.

'그냥 그런 이야기'라고 받아들이는 것은 말하자면 독자가 이야기를 돕는 꼴이다. 양자는 협력 관계라고도, 공범 관계라고도 할 수 있다. 그런 타협은 드문 일이 아니다. 아니, 일반적이다. 뮤지컬 배우가 갑자기 길거리에서 노래하는 것도, 시대극 관리가 악독하기만 한 것도 이상하다면 이상하지만 그런 건 무의미한 비판이다. 공범 관계가 전혀 없는 이야기를 보고 싶으면 책을 버리고 거리로 나가야 한다. 굳이 공범을 거부한 내 독서 감상문은 스스로가 봐도 확실히 중학생이 쓴 글이었다.

그런 설명을 이바라에게 구구절절 늘어놓을 생각은 없었다.

그야말로 두 번 망신당하는 꼴이다.

지탄다는 안 그래도 커다란 눈을 더욱 휘둥그레 뜨고 아무 말도 하지 않았다. 뒤통수를 맞았다는 게 저런 느낌일까? 다음 순간에는 '앗, 오레키 씨, 말하는 고양이도 못 봤나요?'라는 말이 튀어나올 것 같다고 생각하고 있는데 커다란 눈으로 그대로 나를 돌아보았다. 놀란 건지 한심해하는 건지, 그 표정으로는 뭐라 판단할 수 없었지만 어째선지 책망하는 것 같아서 그만 고개를 돌리고 말았다.

"오레키 씨."

대답이 목구멍에 걸려 나오지 않는다.

"……굉장해요."

칭찬으로 받아들여도 되는 걸까?

뭐, 어쨌거나 고통의 시간은 끝났다. 남의 과거를 들추는 영양가 없는 행동은 그만두고 앞으로는 서로 건설적인 일에 힘을 쏟지 않겠나. 그래, 문집 회의는 어떨까? 다가올 문화제에 대비해 우리 다섯이서 훌륭한 문집을 만들어 고전부의 이름을 전교에 떨쳐보자!

……그런 말을 할 수는 없었다. 이 타이밍에 그런 말을 했다간 사토시가 '그래! 예를 들면 호타로가 『헤이케 이야기』 감상문을 쓰면 어떨까?'라고 할지도 모른다.

난처하다, 어떻게 화제를 돌려야 할지 망설이는 짧은 틈을 오히나타는 놓치지 않았다. 아니, 실제로는 물론 오히나타는 절대 내 빈틈을 노린 게 아니라 처음부터 생각했던 대로 움직였을 뿐이겠지만, 나는 방심한 빈틈을 저격당한 꼴이었다. 오히나타는 천천히 가방에 손을 집어넣더니 또 한 권, 『독서 감상 예문』을 꺼냈던 것이다.

"실은 이게 진짜예요."

운명이란 어디서 함정이……!

오히나타가 이런 책자를 굳이 집에서 찾아온 이유는 분명 내가 모르는 곳에서 이바라가 내 독서 감상문에 대해 말했기 때문이리라. 중학교 1학년 때 「달려라 메로스」를 소재로 썼던 그 감상문은 우연한 계기로, 역시나 이 지학 교실에서 화젯거리가 되었다. 그 이야기를 들은 오히나타가 『독서 감상 예문』을 떠올린 것이리라.

1학년 때, 「달려라 메로스」를 읽고 감상문을 썼다. 2학년 때는 「산월기」로 썼다. 둘 다 지금 되돌아보면 수치스럽기 짝이 없다. 솔직히 찢어지는 비명과 함께 모든 기록을 불태워버리고 싶지만 초인적인 극기심으로 충동을 억누르고 있다. 하지만, 하지만 더는 안 된다.

"제가 3학년 때 받은 건데 여기에도 H.O. 선배의 감상문이 실려 있어요. 문장이 조금 이상하긴 한데, 전 이것도 꽤 좋아해요."

아직…… 아직 늦지 않았을까? 자리를 박차고 죽어라 달려서 오히나타의 손에서 책자를 낚아채 갈기갈기 찢어서 꿀꺽 삼킬 수 있는 시간이 남아 있을까? 가령 이 세상의 모든 『독서 감상 예문』을 말살하기란 불가능해도, 적어도 오늘 이 자리에서 내 중학교 3학년 시절의 독서 감상문이 만천하에 드러나는 것만은 막을 수 있지 않을까?

"참고로 감상문의 주제는 「원숭이와 게의 싸움」이에요."

아아, 그걸 말하다니!

"허! 설마!"

"어, 정말이야?"

사토시와 이바라가 떠드는 가운데 책자는 책상 위에 놓이고 말았다. 이미 탈환은 불가능하다. 냉큼 움직였으면 어떻게 되었을지도 모르는데, 막상 하려니 체면과 상식이 훼방을 놓아 고작 얇은 책자 하나도 없애지 못했다. 아아, 결단이 굼뜬 자는 모든 것을 잃으리라, 나는 지금 그런 교훈을 배웠다.

……사실 '아니, 그것까지 있을 줄은 몰랐네. 그건 싫어, 읽지 말아줘'라고 말하면 이 녀석들도 억지로 보려고 하지 않으리라는 건 알고 있었다. 슬쩍 보여줘놓고 눈앞에서 빼앗아 가면 누구라도 기분이 좋지는 않을 테고, 특히나 호기심으로 유명한 지탄다 에루는 내심 슬퍼할지도 모르지만 표면상으로는 받아들여 줄 터였다.

그러지 못하는 건 방금 전 내가 직접 공개한 글이니 마음대로 하라고 말해버렸기 때문이다. 두 번째 책자가 있다는 건 생각해보면 알 법한 일인데, 그만 평소 습관대로 대답하고 말았다. 평소와 같은 생각으로 말한 것을 여기서 굽히는 건 마음에 들지 않는다. 스스로가 저열해지는 기분이다.

그러므로 나는 이 녀석들이 「원숭이와 게의 싸움」에 대한 감상문을 읽는 것도 감수해야만 한다.

……뭐, 괜찮다. 언뜻 보면 그냥 감상문이다. 이상한 부분을 눈치챌 턱이 없지 않은가.

녀석들 쪽은 쳐다보지 않으련다. 솔직히 차마 볼 수가 없었지만, 목소리만은 들려왔다.

"똑같은 질문이라 죄송하지만, 「원숭이와 게의 싸움」은 다들 읽어보셨나요?"

사토시가 대답했다.

"옛날이야기는 버전이 다양하니까. 내가 아는 형태하고 다르면 알려줘."

"아, 아뇨, 그게 말이죠."

"원숭이와 게가 주먹밥과 감을 교환했는데, 감이 익지 않아서 게가 그 씨를 묻어. 감나무가 자라자 원숭이가 감을 따주겠다고 하지. 하지만 감을 먹기만 하던 원숭이는 급기야 설익은 감을 던져서 게를 죽이고 말아.

게에게는 아들이 있었는데 복수를 결심해. 밤과 벌, 말똥…… 실례! 그리고 절구가 동료가 되어 각자 원숭이의 집에 잠입해. 화덕에 불을 지피던 원숭이는 터진 밤을 맞고 화상을 식히려 물병 쪽으로 갔다가 벌에 쏘여. 집에서 달아나려던 원숭이는 말똥을 밟고 넘어지고, 때마침 떨어진 절구에 깔려서 죽어. 이렇게 게의 복수는 성공하지. 내가 아는 이야기는 이 정도야."

감탄하는 소리가 들려왔다.

"대단해요. 옛날이야기는 보통 어딘가 잊기 마련인데. 후쿠베 선배, 굉장하네요."

"아니, 그 정도까지야."

"하지만 죄송해요. 말씀드리려 했는데 「원숭이와 게의 싸움」은 맞지만 아쿠타가와 류노스케가 쓴 「원숭이와 게의 싸움」 쪽이에요."

그렇단다. 미안, 사토시.

물론 사토시는 실망하지 않았다.

"허, 그런 것도 있어? 몰랐네."

이바라도 이어서 말했다.

"나도. 아쿠타가와는 그런대로 읽었는데."

한편 지탄다는 아무 말도 하지 않았다. 읽었을지도 모른다.

"「원숭이와 게의 싸움」은 짧은 이야기예요. 단편이라고 할 수 있죠. 복수를 마친 게의 후일담이에요. 게 일행에게 평온은 찾아오지 않았어요. 살인…… 살해당한 건 원숭이지만 그건 차치하고…… 그 죄로 체포되고 기소되어 주범인 게는 사형, 나머지 동료들은 무기징역을 받고 말아요. 세상은 게를 변호해주지 않았어요. 상공회의소 회장은 게가 공산주의자였을 거라고 주장하고, 사회주의자들은 게가 반동사상을 가졌다고 하고…… 그런 식으로 아무도 게를 감싸주지 않았어요. 집안의 가장을 잃은 게 가족은 비참한 처지에 처한다는, 그런 이야기예요."

"읽어보고는 싶네."

이바라가 받아들이기 어렵다는 목소리로 물었다.

"내용은 그게 다야?"

"아뇨, 그게 다는 아니지만 제가 전부 말하기도 그렇잖아요. 그래서 여기, H.O. 선배의 감상문이 바로 이거예요."

자, 구악의 심판을 받을 것인가, 무사히 평온을 되찾을 것인가, 이제부터가 핵심이다.

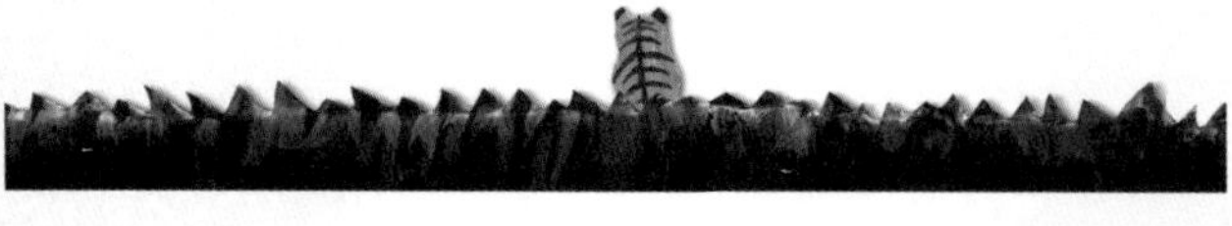

「원숭이와 게의 싸움」을 읽고

3학년 H.O.

「원숭이와 게의 싸움」을 읽었다. 졸졸 게를 따라간 동료들이 참 불쌍하고 업보란 건가 싶었다. 살다 보면 어떤 식으로 말썽에 휘말릴지 모른다. 대책은 마련해두는 게 좋을 것 같다.

작가도 썼듯이 딱딱한 감을 던져 황당하게 게를 죽인 원숭이의 행동은 야만적인 상해치사일 터이나 게는 실수로 죽인 것이 아니라 살해다. 치밀하게 계획을 짰다. 중죄로 사형에 모두 다 찬성할 죄다. 동료들도 무기징역이 가당하다는 말은 설득력이 있지만 선고서를 보면 변호사만 좋았다면 여기에서는 훨씬 더 게에게 유리한 재판 결과가 나왔을 것 같다. 내가 그림책으로 이번에 자료를 꼼꼼히 확인해본 결과, 정말 놀랍게도 게는 원숭이를 탓하는 표현은 했지만 그 살해에 직접적으로는 관여하지 않았다. 애초에 원숭이가 즐겨 쓰는 화덕에 숨어 있던 것은 믿거나 말거나 달걀(밤이 아니면 영 어울리지 않는데 어쨌든 나머지는 같다. 밤 대신 달걀이 나오는 책도 있는 것은 몰랐다)이고, 침을 쏜 것은 벌, 도맡아 지휘한 것은 게였지만 원숭이를 살해한 건 바로 절구였다. 책에는 없었지만 그림책에는 원래 말똥이 나오고 원숭이의 도망을 방해했다는데, 그것은 작가가 소설의 미관을 해칠 것 같아서 생략했을 것이다. 게는 이런 말로 운을 떼며 항변할 수도 있었다. 살해할 의도는 없었다, 우연히 만난 그들에게 원한을 호소했으나 살해 의뢰 같은 것은 절대로 하지 않았다. 여러분에게도 묻겠는데, 제가 원숭이를 좀 죽여달라 부탁했다는 증거가 어디에 있습니까, 없지 않습니까,라고. 분명 동료들은 다른 의도가 아니라 의분으로 가담했다.

……따져보면 항변할 수 없는 건 오로지 실행범인 절구뿐이다. 마치 벌레처럼 어리석다. 손해만 봤다. 방향키를 잘못 잡은 게가 사형을 받은 건 안타깝지만 더 똑똑했다면 스스로 보호할 수 있었던 일이다. 어떤 일에 타의든 자의든 가담할 때는 꼭 입안자로 껴야 안전하다는 걸 배웠다.

"……이게 뭐야."

사토시가 어이없다는 듯 외쳤다.

"재미있죠?"

오히나타가 신이 나서 묻자 이바라가 불만스럽게 뒷말을 받았다.

"재미없는 건 아니지만 뭐랄까, 장난이 너무 심해."

음, 그렇다. 그 감상문은 오로지 장난으로 쓴 것이다. 됐다, 이 이야기는 그만두고 세계 평화나 논하자.

"「달려라 메로스」나 「산월기」 감상문에 비해 짧네요."

내 바람도 허망하게 지탄다가 그렇게 중얼거리더니 이어서 내게 물었다.

"오레키 씨, 이유가 뭐예요?"

그렇게 물으면 무시할 수도 없다. 고개만 지탄다 쪽으로 돌렸다.

"전에도 말했지만 감상문 숙제는 원고지 다섯 장 이상인 줄 알았어. 나중에 다섯 장 이하였다는 걸 알고 3학년 때는 짧게 썼어. 그뿐이야."

책자에 시선을 떨어뜨리고 지탄다가 애매하게 끄덕였다.

"그렇군요……."

뭔가 불만스러워 보인다. 등에 식은땀이 배었다.

사토시가 "오히나타한테는 미안하지만"이라고 단서를 달더니 내게도 "호타로에게도 미안하지만"이라고 덧붙였다.

"이건 좀 그러네. 「산월기」는 감탄스러운 부분도 있었는데 이건 달라. 아쿠타가와의 원문도 읽지 않고 이런 말을 하긴 그렇지만 트집을 잡는 것 같아."

오히나타가 입을 비죽거렸다.

"네, 하지만 그렇게 따지면 트집과 정당한 비평의 차이는 뭔데요?"

"그렇게 똑바로 물으면……."

말문이 막히는 것 같다.

"……대답하기 어렵지만."

"그렇죠? 확실히 이쪽이 삐딱해서 호불호가 갈릴 것 같지만, 저는 좋은데다 「산월기」 감상문하고 다르다고 생각하지 않아요."

저런 몹쓸 글도 좋다고 말해주는 오히나타에게는 솔직히 감사하고 싶지만 사토시가 옳다. 저건 트집에 불과하다. 끼어들 생각은 없어 입을 다물고 있었더니 이바라가 팔짱을 끼고 오히나타 쪽으로 몸을 돌렸다.

"나도 본문을 안 읽어서 제대로 설명할 수 있을지 모르겠지만, 소설이나 만화나, 표현되어 있지 않은 사실이나 어느 쪽으로도 해석할 수 있는 모호한 내용이 있잖아. 전부 쓰면 너무 말이 많고 애초에 전부 쓸 수도 없어."

타이르는 듯한 말투다. 오히나타는 반발하지 않고 물었다.

"무슨 뜻인가요?"

"미궁을 모험하는 만화에서 화장실 장면이 나오지 않는다고 쳐. 그걸 누락으로 볼지 생략으로 볼지에 따라 받아들이는 방식이 달라지잖아. 예를 든다면 그런 거야."

"아, 그거라면 알 것 같아요."

"그리고 그런 모호한 점을 일부러 악의적으로 해석하는 게 트집인 거지."

"……으음?"

"아마 아쿠타가와의 「원숭이와 게의 싸움」에 게와 다른 등장인물들이 서로 동료였음을 자백했다고 적혀 있진 않을 거야. 하지만 게가 사형 판결을 받았고 나머지가 무기징역이라면 그렇게 적혀 있지는 않아도 자백했거나 증언이 있어서 공범 관계가 입증되었다고 생각해볼 수 있어. 물론 입증되었다고 쓰는 편이 친절할지 모르지만 미궁의 화장실처럼 전부 쓰는 게 작품 완성도를 높인다는 보장은 없어. 특히나 작품의 목적이 달리 있을 때는."

오히나타는 잠자코 끄덕이고 있다.

"그런데 오레키는 적혀 있지 않은 점을 누락이라고 판단하고 게 일행이 공범 관계를 부정해야 했다고 썼어. 오레키가 진짜로 공범 관계가 입증되지 않았다고 믿었다면 그건 오레키의 독해가 미숙했거나, 설마 그럴 리는 없겠지만 본문 서술이 약했거나, 어느 쪽이든 이건 하나의 비평이 되겠지. 좋은 비평인지 쓸모없는 비평인지는 차치하고. 하지만……."

이바라가 이쪽을 힐끗 쳐다보았지만 그 시선은 딱히 험악하진 않았다.

"누락이 아니라 생략이라고 생각하면서 일부러 누락인 것처럼 썼다면 그건 트집이야. 「산월기」 감상문은 이상했지만 그런 악의는 별로 느끼지 못했어. 후쿠가 하고 싶은 말은 그런 거겠지."

역시 평소 직접 만화를 그리는 사람답다고 해야 하나. 솔직히 나는 거기까지 생각하지는 않았다.

"그랬어요?"

오히나타가 사토시를 돌아보며 물었지만 사토시는 아리송하게 웃고 있었다.

"아마도. 미안, 잠깐 못 따라갔어."

사토시의 대답이 마음에 들지 않았는지, 아니면 자기 장광설이 부끄러웠는지, 이바라는 두 손을 살짝 펼쳤다.

"끝!"

오히나타는 두 권의 책자를 바라보며 중얼거렸다.

"이 두 개의 감상문은 질적으로 다르다는 건가요? 하지만 오레키 선배가…… H.O. 선배가 무슨 생각으로 썼는지 알기 전에는 트집이었다고 단정할 수 없잖아요. 그건 애매한 것 아닌가요?"

사토시가 어깨를 움츠렸다.

"애매하지. 뭐, 어쩔 수 없어. 사람 마음도 완벽하게 이해할 수 없는데, 문장이라고 전부 이해할 수 있겠어?"

그것도 조금 지나친 체념 같은데, 뭐, 어쨌거나 다행이다. 썩 훌륭하지 않은 감상문이 훌륭하지 않다는 판정을 받았으니 이로써 심판의 시간은 끝이다. 이제 슬슬 자리에서 일어나도 달아났다고 생각하지는 않겠지. 마지막으로 한마디, 뭔가 멋진 코멘트를 남기고 방과 후의 비생산적인 잡담을 끝내자.

바로 그때였다. 쭉 잠자코 감상문을 바라보고 있던 지탄다가 입술에 손가락을 대고 희미하게 중얼거렸다.

"졸, 업……?"

"어, 뭐?"

이바라가 어리둥절한 목소리로 물었지만 지탄다는 책자에서 눈을 떼지 않았다.

"마야카 씨, '졸업'이 뭘까요?"

"졸업? 졸업은 졸업이지."

지탄다의 눈이 환하게 빛났다.

"졸업! 맞아요, 바로 그거예요!"

발밑이 무너지는 감각이 온몸을 감쌌다. 아아, 신이여…….

"뭐가 졸업이야?"

사토시의 물음에 지탄다가 손가락을 입술에서 내 감상문 쪽으로 뻗었다. 그만둬, 용서해줘. 하필 지탄다가!

"오레키 씨는 이 감상문을 원고지에 썼을 테니, 원래는 어떻게 씌어 있었을지 생각해봤어요."

"원래라니…… 문장이 바뀌었다는 거야?"

"아니, 그게 아니라. 원고지에 쓰면 어떻게 될까요. 400자 원고지라면 한 줄은 스무 자, 한 장은 스무 줄이 되죠."

"아아!"

사토시는 알아들었다는 듯이 끄덕였다.

"줄바꿈 위치가 다르다는 거지? 응, 분명 원고지라면 스무 자에서 줄이 바뀌지. 하지만 그게 왜?"

"줄을 바꾸면 졸업이 돼요."

모두 어리둥절한 표정이다.

"어, 뭐가?"

지탄다는 얼굴을 붉혔다.

"죄송해요! 처음부터 설명할게요."

그만둬, 부탁이야……. 이야기를 정리하려는 듯 허공에 시선을 던지던 지탄다가 이윽고 마음을 정했는지 설명하기 시작했다.

"전 오레키 씨의 이 문장을 보고 크게 위화감을 느꼈어요. 게도, 절구도, 벌도."

문장 여기저기를 손가락으로 가리켰다.

"한자와 가타카나 표기가 섞여 있어요. 「산월기」 감상문에는 그런 게 없었는데."

이바라와 오히나타가 중얼거렸다.

"아, 진짜네."

"듣고 보니……."

"이상한 점은 그뿐만이 아니에요. 오레키 씨 감상문은 「달려라 메로스」도 읽어봤는데, 메로스와 「산월기」에는 없었던 게 「원숭이와 게의 싸움」에는 있었어요."

지탄다는 잠깐 뜸을 들이다가 몹시도 진지한 표정을 지었다.

"일인칭이에요."

그렇다. 거기만큼은 일인칭을 쓰지 않을 수 없었다.

"그림책을 확인하는 장면에서 '내가 그림책으로 이번에 자료를 꼼꼼히 확인해본 결과'라고 적혀 있죠. 다른 곳은 절대 일인칭을 쓰지 않았는데, 어째서 여기만 썼을까. 한자와 가타카나의 차이는 뭘까. 그리고 왜 이것만 짧을까. 전 궁금했어요."

그리고 지탄다는 나를 힐끔 보았다.

"오레키 씨에게 물어보려 했지만…… 저희가 감상문을 보는 걸 부끄러워하는 것 같아서 물어보기가 조심스러워 직접 생각해봤어요. 그래서 일단 원래 형태는 어땠을지 상상해봤어요."

그게 이상하다.

사토시도 동감이었는지 실실 웃으며 물었다.

"표현 방식이 이상하다고 원고지에는 어떻게 씌어 있었을지 상상하다니 이상한데……."

지탄다는 고개를 갸웃거렸다.

"그런가요?"

"그래."

"원본을 파악하는 게 중요할 것 같아서……. 게다가 이런 기계적인 재배열은 제 특기예요."

특기임을 주장하려는 건지 생긋 웃으며 한 손으로 주먹을 불끈 쥐었다.

못 믿겠다는 눈치로 이바라가 필통을 가져왔다.

"스무 자에서 줄을 바꾸면 돼? 히나, 연필로 표시 좀 해도 돼?"

"아, 그럼요."

잠시 침묵의 시간이 흘렀다. 오히나타의 책자에는 이런 식으로 표시가 달리고 있을 것이다.

「원숭이와 게의 싸움」을 읽었다. 졸졸/ 게를 따라간 동료들이 참 불쌍하고 업/보란 건가 싶었다. 살다 보면 어떤 식/으로 말썽에 휘말릴지 모른다. 대책은/ 마련해두는 게 좋을 것 같다.

작가도 썼듯이 딱딱한 감을 던져 황/당하게 게를 죽인 원숭이의 행동은 야/만적인 상해치사일 터이나 게는 실수로/ 죽인 게 아니라 살해다. 치밀하게 /계획을 짰다. 중죄로 사형에 모두 다/ 찬성할 죄다. 동료들도 무기징역이 가/당하다는 말은 설득력이 있지만 선고서/를 보면 변호사만 좋았다면 여기에서는/ 훨씬 더 게에게 유리한 재판 결과가 나올 것 같다.

"이게 왜?"

"음, 그러니까요."

초조한 듯이 지탄다가 손을 허공에서 까딱거렸다.

"원고지에 씌어 있는 걸 상상해보니 글자가 떠올랐어요. 그……각 줄의 마지막 글자가 이어져 있는 거예요."

이제 끝장이다.

끝장이다!

"그러니까 오레키 씨가 이 감상문을 원고지에 썼을 때, 맨 끝 줄을 세로로 읽어보면 '졸업'이라는 단어가 나와요. 그다음도 있을 거예요."

"정말? 우연이 아니야?"

미심쩍어하면서도 이바라는 연필을 놀렸다…….

「원숭이와 게의 싸움」을 읽고

3학년 H.O.

No.

원숭이와 게의 싸움을 읽었다. 졸**졸** 게를 따라간 동료들이 참 불쌍하고 **업**보란 건가 싶었다. 살다보면 어떤 **식**으로 말썽에 휘말릴지 모른다. 대책**은** 마련해두는 게 좋을 것 같다.

작가도 썼듯이 딱딱한 감을 던져 **황**당하게 게를 죽인 원숭이의 행동은 **야**만적인 상해치사일 터이나 게는 실수**로** 죽인 것이 아니라 살해다. 치밀하게 계획을 짰다. 중죄로 사형에 모두 **다** 찬성할 죄다. 동료들도 무기징역이 **가**당하다는 말은 설득력이 있지만 선고**서**를 보면 변호사만 좋았다면 여기에서**는** 훨씬 더 게에게 유리한 재판 결과가 나왔을 것 같다. 내가 그림책으로 **이**번에 자료를 꼼꼼히 확인해본 결과, **정**말 놀랍게도 게는 원숭이를 탓하는 **표**

17X20

현은 했지만 그 살해에 직접적으로는 관여하지 않았다. 애초에 원숭이가 **즐**겨 쓰는 화덕에 숨어 있던 것은 믿**거**나 말거나 달걀(밤이 아니면 영 어**울**리지 않는데 어쨌든 나머지는 같다. 밤 대신 달걀이 나오는 책도 있는 **것**은 몰랐다)이고, 침을 쏜 것은 벌, **도**맡아 지휘한 것은 게였지만 원숭이를 살해한 건 바로 절구였다. 책에는 **없**었지만 그림책에는 원래 말똥이 나오**고** 원숭이의 도망을 방해했다는데, 그것은 작가가 소설의 미관을 해칠 것 같아**서** 생략했을 것이다. 게는 이런 말로 **운**을 떼며 항변할 수도 있었다. 살해**할** 의도는 없었다, 우연히 만난 그들에게 원한을 호소했으나 살해 의뢰 같은 **것**은 절대로 하지 않았다. 여러분에게**도** 묻겠는데, 제가 원숭이를 좀 죽여달라 부탁했다는 증거가 어디에 있습니까, **없**지 않습니까, 라고. 분명 동료들은 **다**른 의도가 아니라 의분으로 가담했다.

……따져보면 항변할 수 없는 건 **오**로지 실행범인 절구뿐이다. 마치 벌**레**

처럼 어리석다. 손해만 봤다. 방향**키**를 잘못 잡은 게가 사형을 받은 건 안타깝지만 더 똑똑했다면 스스로 보**호**할 수 있었던 일이다. 어떤 일에 **타**의든 자의든 가담할 때는 꼭 입안자**로** 껴야 안전하다는 걸 배웠다.

23X20

"졸업식은……황……야로 다가서……는 이……정표……즐……거울……."

더듬더듬 읊어가는 이바라의 목소리를 오히나타의 환성이 덮어버렸다.

"알았다! 시예요! '졸업식은 황야로 다가서는 이정표 즐거울 것도 없고 서운할 것도 없다. 오레키 호타로'. 우와아!"

만족스러운 지탄다의 목소리.

"잇큐 선사의 풍자시네요. '새해 장식은 저승길로 다가서는 이정표 기쁘기도 하고 기쁘지 않기도 하다'. 오레키 씨는 이걸 따서 중학교 3학년이라는 의무교육 마지막 해의 감회를 읊은 시를 독서 감상문에 숨겨놨던 거예요."

사토시의 목소리가 이어졌다.

"허…… 아니, 설마 호타로가……. 깜짝 놀랐어. 황야로 다가선다니……. 어째서 이런 번거로운 글을 쓰려고 했던 거야? 에너지 절약주의자 호타로 님께서."

오히나타는 아주 홍에 겨운 반응이었다.

"그런 건 당연하잖아요! 오레키 선배는 좋아했던 거예요. 감상문 쓰기도, 아마 하나시마 선생님도! 그렇죠, 선배? 어라, 왜 그래요, 선배, 그런 모습으로."

중학생 때 지은 시를 다른 사람이 읽는다는 경험을 이 녀석들은 아무도 겪어보지 않았나. 어째서 태연한 표정으로 잔혹한 짓을 할 수 있단 말인가!

두 팔을 축 늘어뜨린 채로 책상에 엎드려 녀석들에게서 고개를 돌린 채로 나는 "아아, 그만"이라고 중얼거리며 지금의 거짓 없는 심경을 짧은 말로 정확하게 표현했다.

"차라리 죽여줘."

대담

기타무라 가오루

《소설 야성시대》 2013년 5월 호 게재

'수수께끼를 알아차리는' 묘미

대담

온다 리쿠

《소설 야성시대》 2008년 7월 호 게재

이런 미스터리를 쓰고 싶다!

대담집 1

요네자와 호노부와 미스터리 작가

기타무라 가오루 온다 리쿠

동서고금, 미스터리를 논하다.

'고전부' 시리즈를 키운,

미스터리라는 문화를 파헤치는 두 가지 대담.

마치 한 권의 도서 가이드와 같이 수많은 명작을 소개합니다.

요네자와 호노부 **대담** 기타무라 가오루 / 「수수께끼를 알아차리는」 묘미

'일상의 수수께끼'라고 하면 가장 먼저 이름이 거론되는 기타무라 가오루 선생님. '엔시 씨와 나' 시리즈 등 많은 작품을 탄생시켰습니다. 『빙과』와 같은 학원 미스터리로 인기 높은 요네자와 호노부 선생님과 '일상의 수수께끼'에 대해 대담을 부탁드렸습니다.

구성 다키이 아사요 ◎ **촬영** 혼고 유지

미스터리를 쓰게 된 계기

요네자와 제가 미스터리를 읽기 시작했을 때 이미 '일상의 수수께끼'는 많이 알려졌습니다. 이것저것 읽어보는 사이 기타무라 선생님의 『로쿠노미야 공주』를 읽고 깜짝 놀랐어요. 아쿠타가와 류노스케의 단편을 둘러싼 이야기인데, 그런 작품을 두고 이토록 진지하게 미스터리로 접근할 수 있다니. 제가 '일상 미스터리'를 쓰는 가장 큰 계기가 된 작품입니다.

기타무라 영광입니다. 그건 실제로 제 졸업논문이 바탕이 되었는데, 제가 봐도 풀이 과정이 재미있어요.

요네자와 옛날 작품 중에는 살인 없이 성립하는 이야기라도 미스터리니까 살인을 집어넣은 사례가 많이 보입니다. 하지만 지금은 살인이 없어도 미스터리가 성립하죠. '일상 미스터리'라는 게 알려지면서 다른 선택지가 주어진 거예요.

기타무라 '엔시' 시리즈 첫 번째 작품 『하늘을 나는 말』은 글로 써야 할 필연성이 있는 이야기를 썼을 뿐, 특별한 걸 하려는 생각은 없었습니다. 그게 나중에 '일상의 수수께끼'라 불리게 되었어요. 제 경우 살인

기타무라 가오루
1949년 사이타마 현 출생. 고등학교 교사로 일하면서 1989년 『하늘을 나는 말』로 작가 데뷔. 1991년 『밤의 매미』로 일본추리작가협회상, 2009년 『백로와 눈』으로 제141회 나오키상, 2016년에는 제19회 일본 미스터리 문학 대상을 수상. 에세이나 평론, 편집 분야에서도 활약하고 있다.

을 쓰면 피해자나 가해자 본인뿐만 아니라 그 가족이나 주위에 대한 영향도 고민하기 때문에 복잡해져요. 자연스럽게 쓸 수 있는 게 뭘까 고민했을 때 살인 사건이라는 방향으로 가지 않았던 것뿐이죠.

요네자와 저도 글을 쓸 때 '일상의 수수께끼'라는 장르를 의식한 적은 없습니다. 장르의 명칭은 독자들이 그런 작품을 읽고 싶을 때 키워드로 작용하는 단어이기는 하지만, 그 단어로 창작을 얽매어버리면 주객이 전도되니까요.

일상의 수수께끼라는 신비

기타무라 제 머릿속에 있는 본격 미스터리는 폭이 넓어요. 뭐든지 수수께끼가 되지요. 가령 『미스터리 12개월』이라는 미스터리 안내서에도 썼는데, 이타쿠라 기요노부 씨의 『배추의 수수께끼』라는 논픽션이 있거든요. 에도시대 이전에 일본에 배추가 없었던 이유를 소개하고 있죠. 에도시대 이전을 무대로 한 소설에 배추가 나오면 그건 거짓말이에요. 배추가 일본에 들어온 건 메이지 이후로, 그때까지는 일본 국내에서 재배하지 않았거든요. 배추는 교배하기 쉬운 채소라 다른 식물

종자가 날아오는 곳에서 키우기가 어려웠던 게 이유라고 해요. 일본에서는 가장 먼저 미야기 현에서 수확하기 시작했는데 그렇다면 그 이유는 무엇일까 하는 수수께끼. 그게 이미 본격 미스터리라고 생각했죠. 요네자와 씨도 일상생활에서 이건 본격이다 싶은 일이 있죠?

요네자와 며칠 전 역으로 가는 길에

서 초등학교 1, 2학년쯤 되는 아이와 어머니가 걸어오고 있었어요. 제가 스쳐 지나갈 때 그 어머니가 아이에게 "워싱턴이면 돼"라는 거예요. 미국 워싱턴이라고 하기에도 이상하고, 근처에 그런 이름의 가게도 없어서 대체 뭘까 한참 고민했어요.

기타무라 '장소'가 아니라 '대답'을 뜻하는 걸지도 모르겠네요.

요네자와 듣고 보니……!

기타무라 요네자와 씨는 과거의 명작을 바탕으로 삼기도 하죠. 『멀리 돌아가는 히나』에 나오는 「기억이 있는 자는」은 교내 방송의 짧은 문장으로부터 수수께끼를 풀어가는 이야기인데, 그건 해리 케멀먼의 『9마일은 너무 멀다』에 도전한 거죠?

요네자와 예. 다만 실제 사건을 미리 알고 있어서 거기에 『9마일은 너무 멀다』를 더하면 미스터리로 만들 수 있겠다 싶었어요. 답으로부터 역산하는 거라 떳떳하진 않죠.

기타무라 같은 책의 「새해 문 많이 열려라」는 자크 퓌트렐의 『13호 독방의 문제』를 활용했죠. 과거 작품에 자극을 자주 받습니까?

요네자와 그런 편이에요. 『로쿠노미야 공주』가 졸업논문을 바탕으로 한 소설이라고 하셔서 저도 대학 연구를 바탕으로 『안녕 요정』이라는 구 유고슬라비아를 테마로 한 소설을 썼습니다.

기타무라 아아, 그랬군요. 그거 기쁘네요.

요네자와 그런데 아까 배추 이야기 말인데, 배추에 수분하는 식물이 생존할 수 있는 북방 한계가 미야기 현이었던 건가요?

기타무라 아직도 생각하고 있었어요?(웃음) 그런 게 아니에요. 아무것도 자라지 않는 작은 섬에서 키웠더니 성공했다더군요. 지금은 어떻게 재배하는지 모르겠지만. 미야기에는 마쓰시마 만이 있죠.

요네자와 아아, 그래서.

기타무라 어때요, 본격 같죠? 수수께끼가 풀리면서 긴장이 완화되는 쾌감이 있어요. 그런 게 제 취향이에요. 딱 맞아떨어지는 순간의 쾌감을 쓰고 싶은 거지, '일상의 수수께끼'를 쓰겠다고 의식한 적은 없습니다.

일상의 수수께끼에 형태는 없다.

요네자와 확실히 『하늘을 나는 말』 시리즈도 범죄성이 전혀 없는 건 아니죠. 『복면 작가는 두 사람 있다』로 시작되는 시리즈도.

기타무라 그것도 일상의 수수께끼가 많았죠.

요네자와 또 다른 이야기로 빠지는데, '복면 작가' 시리즈에서는 주인공 남성의 일인칭 대명사가 한 번도 나오지 않잖아요.

기타무라 남자 일인칭으로 실제로 '저'라고 하는 사람은 별로 없잖아요. 하지만 문장에서 '나'라고 하는 것도 좀 그래서 아예 안 쓰기로 했죠.

요네자와 세 권이나 썼는데 한 번도 일인칭 대명사를 쓰지 않다니 초절 기교예요!

기타무라 알아차려주니 고맙네요.

요네자와 이 감동을 본인에게 직접 말씀드릴 수 있어 기쁩니다. '일상의 수수께끼' 이야기로 돌아가면 최고의 클라이맥스는 수수께끼를 알아차리는 순간이라고 생각해요. 이런 곳에서 수수께끼를 찾아내는구나, 듣고 보니 이상하네, 하는. 그건 다른 미스터리와는 조금 다른 타입의 쾌감이죠.

기타무라 살인이라고 생각했던 게 단순 사고로 판명되어 일상의 수수께끼로 떨어지는 미스터리도 있어요. 쓰는 방식과 보여주는 방식, 순서에 따라 얼마든지 바뀔 수 있죠.

요네자와 나중에 이게 '일상의 수수께끼'라는 걸 깨닫는 경우도 있죠. 제럴드 커시라는 작가의 작품 중에 「음주의 폐해」라는 단편이 있어요. 어느 형제가 있는데 형은 술꾼이고 동생은 술을 싫어하죠. 하지만 어째선지 형이 술을 마실수록 동생이 건강을 잃어요. 진상까지 다 읽었을 때, 미스터리의 서브 장르 이름을 붙인다면 이건 '기묘한 맛'이나 '일상의 수수께끼'가 되겠구나 싶었어요.

기타무라 '일상의 수수께끼'에 정해진 틀은 없다는 뜻이죠. 하지만 그만큼 쓰는 게 어려워요. 가령 소설적인 달성은 별로 없어도 밀실 소재라는 것만으로 사람들이 읽어주는 건 전통과 형태의 힘이죠. 하지만 '일상의 수수께끼'는 형태가 없고 저마다 다른 이야기예요. 모두 처음부터 이야기를 만들어야 하죠. 상당한 노력과 열정을 필요로 합니다.

요네자와 정해진 형태가 없는 만큼 이런 형태도 있다고 독자에게 다양한 작품을 보여주고 싶은 마음이 있어요.

기타무라 좋아하는 '일상의 수수께끼' 작품은 있습니까?

요네자와 평범하게 들자면 기타무라 선생님의 「설탕 합전」이나 「6월의 신부」지만, 최근작을 들자면 이치이 유타카 씨의 「꼭두각시 지스카의 여명」이 인상적이었어요. 연극부가 쓰다 만 대본의 결말을 주인공이 만들어내야 하는데, 미스터리의 한 가지 형태를 사용하고 있어서 재미있게 읽을 수 있어요. 그리고 하쓰노 세이 씨의 「크로스큐브」. 여섯 면 전부 하얀 루빅큐브가 나오는 이야기인데, 이것도 재미있었어요.

기타무라 제가 인상 깊게 읽은 작품을 들면 역시 도쿄소겐샤에서 편찬에 관여한 『일본 탐정소설 전집』의 사카구치 안고 편에 실은 「안고」라는 단편이에요. 여기엔 대단히 심오한 수수께끼가 있는데 무릎을 탁 치게 되는 진상 속에서 인간상이 부각되는 이야기예요. 마지막에 눈물 나는 장면도 나오는데, 그게 절대 뻔한 눈물이 아니거든요. 소설적으로 뛰어나다 보니 지금까지 미스터리 관련 도서에 실린 적이 없었어요. 책을 편찬할 때 쓰즈키 미치오 선생님께서 "이거 재미있네"라고 말씀해주셔서 기뻤는데, 그렇다는 건 쓰즈키 선생님도 그때까지 안 읽어 보셨다는 거죠.

요네자와 앤솔러지에 실려서 미스터리 팬들이 읽게 되었군요.

기타무라 그리고 도이타 야스지 선생님의 『그린 차의 아이』도 훌륭해요. 가부키 연기자 나카무라 가라쿠가 탐정 역으로 나오는 시리즈 작품입니다. 도이타 선생님이라고 하면 할복이 나오는데 『단주로 할복 사건』은 역사 속의 수수께끼를 풀어가는 이야기예요. 흔히 말하는 평범한 살인 사건을 다룬 소설들과는 다르죠. 다카기 아키미쓰의 『칭기즈칸의 비밀』이나 리처드3세의 수수께끼를 푸는 조지핀 테이의 『시간의 딸』도 그래요.

요네자와 그러고 보니 최근에 리처드3세의 뼈가 발견되었죠.

기타무라 사실이 이야기를 보증해줄 필요는 없지만 뒷받침해준 느낌이었죠.

짧은 말이 갖는 수수께끼

요네자와 기타무라 선생님은 최근 『화과자 앤솔러지』에 참가하셨죠. 작가 라인업이 굉장한 책인데요. 선생님의 「끝말잇기」라는 단편은 하이쿠를 지으면서 수수께끼를 푸는 스타일인데, 미스터리의 새로운 가능성을 발견했습니다. 시가에 대해서는 전부터 여쭤보고 싶었어요. 일상의 수수께끼에서는 벗어날지도 모르지만 괜찮을까요?

기타무라 예, 물론이죠.

요네자와 기타무라 선생님의 『시가의 매복』 1권에 사사키 유키쓰나의 "샐러리 아삭아삭 씹어 먹는 천진한 그대 사랑하지 않을 수 없네"라는 시가가 있는데요, 저는 샐러리를 씹어 먹는 아이를 보는 부모의 노래라고 생각했어요. 해석을 읽어보니 연인인 여성을 노래한 시라는 걸 알고 굉장히 놀랐는데…….

기타무라 호오. 저는 아이란 생각은 전혀 못 했어요.

요네자와 그러셨나요! 제가 '천진한'이란 단어에 너무 얽매였나 봅니다.

기타무라 요네자와 씨는 여성을 천진한 존재라고 생각하지 않는가 보군요(웃음).

요네자와 윽…….

기타무라 단가나 하이쿠는 짧기 때문에 다양한 해석이 가능해요. 그것도 일종의 '일상의 수수께끼'일지 모르겠네요. 데라야마 슈지의 "바다를 모르는 소녀 앞에서 밀짚모자 쓴 나는 두 팔을 벌리네"라는 노래도 세상에서는 일반적으로 "바다는 이렇게나 넓다"는 것을 알려주는 내용이라고 해석하지만 "가로막고 있다"고 해석한 사람이 있어요. 소녀가 넓은 바다를 알면 더는 자기를 사랑해주지 않을 거라는 거죠. 이 경우 바다는 추상적인 의미예요.

요네자와 그러고 보니 그렇게 느껴지네요. 그리고 기타무라 선생님은 《올 요미모노》 1월 호에도 「꿈의 풍차」라는 단편을 발표하셨는데요. 편집자로 일하는 여성이 주인공이고, 신인상 응모 원고를 둘러싼 수수께끼 이야기죠.

기타무라 대상으로 선발된 사람에게 전화했더니 "응모한 적 없다"고 하는 거예요. 주인공이 그 수수께끼를 나카노에 사는 친아버지에게 설명하자 해결되는 이야기죠. 이건 독립된 이야기였지만 '나카노 아버지' 시리즈가 되겠구나 싶었어요. 두 번째 단편을 《올 요미모노》 5월 호에 게재할 예정입니다. 요네자와 씨는 언제 다음 '일상의 수수께끼'를 쓸 건가요?

요네자와 저는 《소설 야성시대》 2월 호에 '고전부' 시리즈 단편을 게재할 예정입니다. '나카노 아버지'는 이미 시리즈명으로 굳어진 건가요(웃음)? 기대하고 있겠습니다.

일상의 수수께끼 추천 단편

기타무라 가오루

배추의 수수께끼
이타쿠라 기요노부

배추는 언제 일본에 전래되었나. 그전에는 어째서 국내에서 생산되지 않았나. 그리고 대량 생산이 가능해진 이유는? 이학 박사인 저자가 이 채소를 둘러싼 비밀을 차근차근 해설. 야마네코문고.

안고
사카구치 안고

『일본 탐정소설 전집 10 사카구치 안고 특집』(소겐추리문고) 수록. 전사한 친구의 장서 사이에서 눈에 익은 편지지를 발견한 야지마. 거기에 기록된 암호를 해독한 그는 어떤 의혹에 사로잡히지만 진상은 생각지도 못한 곳에.

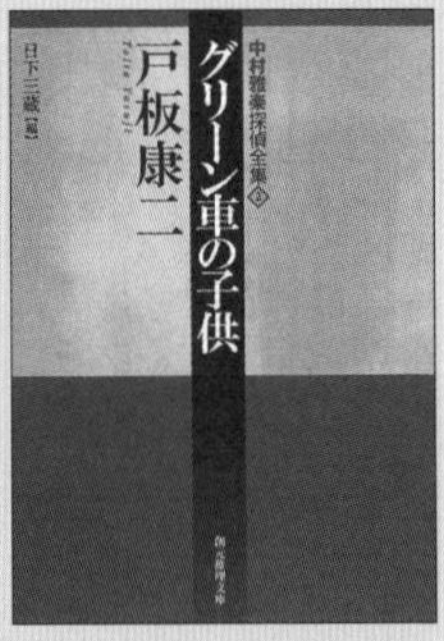

그린 차의 아이
도이타 야스지

『나카무라 가라쿠 탐정 전집 2 그린 차의 아이』(소겐추리문고) 수록. 가부키 배우 나카무라 가라쿠 시리즈 중 하나. 어떤 무대의 출연을 꺼리고 있던 가라쿠가 고속 열차 차량 안에서 한 소녀와 만나게 되면서 출연을 결심. 그 이유란?

일상의 수수께끼 추천 단편

요네자와 호노부

음주의 폐해
제럴드 커시

『폐허의 노랫소리』(쇼분샤, 번역 니시자키 케이, 요시노 리에 외) 수록. 형이 건강을 돌보지 않을수록 몸이 망가져가는 동생. 정신과 의사가 말하는 기묘한 임상 사례의 놀라운 진실은……. 이색 작가의 기상천외한 단편집에 수록된 작품.

꼭두각시 지스카의 여명
이치이 유타카

『상담가 예술학부제』(소겐추리문고) 수록. 상담가 체질의 대학생 가시와기는 연극부 주연 여배우로부터 쓰다 만 대본의 결말을 해명해달라는 억지스러운 부탁을 받는다. T대 문예동아리 멤버들이 활약하는 코미컬 미스터리 시리즈.

크로스큐브
하쓰노 세이

『퇴장 게임』(송덕영 옮김, 영상출판미디어 펴냄) 수록. 약소 취주악부 멤버 하루타와 지카는 동아리 활동에 영입한 상대에게 남동생의 유품인 퍼즐을 풀어달라는 부탁을 받는다. 그것은 여섯 면이 전부 하얀 루빅큐브였다. 학원 청춘 미스터리 시리즈.

요네자와 호노부 **대담** 온다 리쿠 / 이런 미스터리를 쓰고 싶다!

미스터리에 대한 심오하고 강력한 오마주로 가득한 두 사람. 예상은 했지만 예상마저 뛰어넘은 이야기꽃…….
작품명이 끝없이 튀어나옵니다.
재확인. "미스터리는 정말 좋은 거예요!"

글 오모리 노조미 △ **촬영** 이토 다케시

온다 요네자와 씨 작품은 스니커문고로『바보의 엔드 크레디트』가 나왔을 때『빙과』하고 함께 읽었어요. 청춘 미스터리로도 재미있었지만 굉장히 모범적인 본격 작가라고 생각했어요.『바보의 엔드 크레디트』는 (앤서니 버클리의)『독 초콜릿 사건』[1]과 같은 형식이죠.

요네자와 다중 해결 미스터리[주1]에 환상이 있거든요.

온다 굉장히 밀도가 높았어요. 소재가 가득해서 좋았어요.

요네자와 고맙습니다. 그리고 해리 케멀먼의『9마일은 너무 멀다』가 역시 스타일로는 확실하게 자리를 잡고 있어서…….

온다 그건 도전해보고 싶죠. '모두가 도전하고 싶은 9마일'이랄까(웃음).

요네자와 도전하고 싶죠. 그야말로 온다 선생님의「대합실의 모험」[2]을 읽고 꼭 도전하고 싶었어요(웃음).

온다 니시자와 (야스히코) 씨도 쓰셨고.

요네자와 『맥주별장의 모험』[3] 말씀이죠.

온다 『개는 어디에』나『여름철 한정 트로피컬 파르페 사건』을 읽고 니시자와 씨 같다고 생각했어요. 마지막에 악의가 왈칵 분출되는 부분에서 니시자와 씨의『의존』[4]을 강하게 연상했죠. 악의의 분출 강도가 비슷하구나 싶었어요.

요네자와 다만 니시자와 선생님이나 온다 선생님 작품처럼 밀도가 짙은 악의와는 다르죠. 제 경우는 인간의 악의도 역시 미스터리에 흡수되는 느낌이라.

온다 하지만 『여름철 한정 트로피컬 파르페 사건』은 굉장했잖아요?

요네자와 초반은 그전처럼 단편을 연달아 보여주는 형식이라, 처음에 로이 비커스 같은…….

온다 아아, 알아요, 『미궁과 사건부』 말이죠.

요네자와 ……도서倒敍 미스터리[주2]를 쓰려고 처음에 샤를로트를 먹는 이야기를 썼어요. 그다음에 다잉 메시지[주3] 스타일로 전환해서 고전 미스터리 오마주로 간다고 착각을 유도하고, 거기서 한 번 비틀 생각이었는데 잡지 연재로 읽어야만 겨우 걸리는 장치였어요(웃음).

온다 아하. 역시 좋아하는군요(웃음).

요네자와 전작에서 (등장인물에게) 잔뜩 거품을 넣어놓고 마무리를 하지 않았거든요. 막상 속편을 쓰게 되니 그럼 거품을 한번 쫙 빼야겠다 싶었죠.

온다 그럼 『가을철 한정 구리킨톤 사건』은 어때요?

요네자와 지금 열심히 쓰고 있는데, 좀처럼 끝나질 않네요. 일단 (엘러리 퀸의) 『꼬리 아홉 고양이』 같은 스타일을 염두에 둔 미싱링크[주4] 작품으로 쓸 생각이긴 한데…….

온다 미싱링크 말인가요? 그건 해보고 싶죠(웃음). 해보고 싶어요!

요네자와 그건 정말 어려워요.

온다 어렵죠.

요네자와 본격은 유일무이까지는 아니더라도 독자가 어느 정도 개연성을 기반으로 '이거다!'라고 느낄 수 있는 답을 내놔야 하는데, 미싱링크 작품은 좀처럼 거기까지 끌고 갈 수가 없어요.

온다 최근 미싱링크로 성공한 작품은 뭐가 있을까요?

요네자와 쇼덴샤문고에서 나온 마야 유타카 선생님의 『마호로 시의

“미싱링크 작품으로 쓸 생각이긴 한데” (요네자와)

“타이틀이 재미있어요. 제목을 먼저 짓나요?” (온다)

살인 가을—야미구모 A코와 우울 형사』[5]가 재미있었어요.

온다 (『빙과』, 『바보의 엔드 크레디트』를 보면서) 그나저나 이 길이로 용케 이만한 이야기를 담아냈네요. 감탄스러워요. 저도 처음에는 미스터리로는 가급적 사람을 죽이지 않는 쪽으로 고민했어요. 하지만 『유지니아』[6]에서 잔뜩 죽였더니 요즘은 아무렇지도 않아요(웃음).

요네자와 『유지니아』는 확실히 많이 죽었죠(웃음). 스니커문고판 『바보의 엔드 크레디트』 표지 안쪽에 “사람이 죽는 이야기가 딱히 싫은 건 아니다”라는 작가 코멘트가 들어가 있었어요. 독자일 때는 얼마든지 죽어도 괜찮거든요.

온다 타이틀이 재미있어요. 제목부터 짓나요? 『인사이트 밀』도 그렇고.

요네자와 예. 영문 제목(THE INCITE MILL)은 편집자가 붙여줬지만요. 제목은 처음부터 정해놨어요. ‘푹 빠져보려고(인시테미루)’ 했죠. 계속『인시테미루(가제)』인 채로 차례로 원고를 보냈더니 어느새 (가제)가 사라지고 "이대로 갑시다"라고 하시더라고요. 사실 원래는 『롱 워크』처럼 써보고 싶었어요(웃음).

온다 아아, 리처드 버크먼(스티븐 킹의 다른 필명) 말이군요. 그건 저도 정말 좋아해요. 명작이죠.

요네자와 맞아요. 그러고 싶었는데 그게 안 되더라고요. 『롱 워크』에서는 몹시 난센스한 게임을 하는데.

온다 계속 죽기만 하죠.

요네자와 하지만 누가 뭐래도 절실함이 있잖아요. "난 토끼였어!"라거나. 그런 흥미로운 요소를 넣지 못하고 게임 자체의 난센스만 가져온 꼴이 된 건 아쉬웠죠. 중학생 때 단골 서점 서가에『롱 워크』가 있었는데, 집에 가져오기가 무서워서 서서 끝까지 읽어버렸어요(웃음).

온다 가게 분들이 용케 화를 안 냈군요.

요네자와 너그러운 서점이었거든요. 갖고 있지 못할 정도로 무서웠던 건 그 책 정도예요. 『스켈레톤 크루』[7] 같은 건 아무렇지도 않은데. 하지만 역시 미안해서 나중에 샀습니다.

온다 저는『좌부녀』[8](모치즈키 미네타로의 만화)이었어요.『좌부녀』는 집에 두기가 찝찝해서(웃음) 친구더러 사라고 해서 친구네 집에서 읽었어요.

이건 다른 이야기인데, 요네자와 씨의 작품은 비교적 (작중에) 텍스트가 많이 나오잖아요. 동인지나 수기나. 뭔가 기묘한 이야기를 써줬으면 좋겠어요.『멀리 돌아가는 히나』에도 전설이 들어 있지 않나요? 벚나무 밑을 지나가게 한다거나.

요네자와 물론 기묘한 이야기도 좋아하는데, G.K. 체스터턴 작품 중에「판사의 거울」[9]이라는 단편이 있어요. 한참 거슬러 올라가면 그런 쪽에 도달하죠.

온다 아하.

요네자와 체스터턴 스타일의 역설을 『멀리 돌아가는 히나』에는 몇 번 담아보려고 했는데 역설은 정말 똑똑해야 쓰겠더라고요(웃음).

온다 저도 역설에는 굉장한 꿈이 있어요. 그래서 요네자와 씨도 아와사카 (쓰마오) 선생님을 좋아하는 거죠? 저도 진짜 좋아해요. '아 아이이치로' 시리즈. 「발굴된 동화」 같은 거요.

요네자와 그 작품에는 굉장한 일화가 있죠. 편집자가 찾아와서 "오늘은 얼마나 쓰셨습니까, 두 장입니까"라고 묻자 "천만에요, 두 줄입니다"라고(웃음).

온다 끔찍한 얘기네요(웃음).

요네자와 「발굴된 동화」[10]는 암호 수수께끼죠. 암호도 역시 써보고 싶은데.

온다 암호 수수께끼, 역설 미스터리, 미싱링크, 이것들은 해보고 싶어요.

요네자와 미스터리에는 그런 '형태'랄까, 선진들이 쌓아온 유산이 굉장히 많은데 마치 보물산처럼 보여요. 그런 건 당연히 활용해야죠. 그건 치사한 행동이 아닐 거예요.

온다 본격 미스터리는 전통 예능이잖아요(웃음). 모방을 바탕으로 창조하는 풍습이 있으니까요. 그런 것에 도끼눈을 뜰 필요는 없다는 게 제 지론이에요.

요네자와 하지만 아직 제일 유명한 주제를 못 했어요. 밀실[주5] 살인이라는 주제를(웃음).

온다 맞아요, 밀실도 쓰고 싶은데.

요네자와 밀실 살인을 진지하게 쓰면 바카미스[주6]란 말을 들을 게 뻔해요.

온다 확실히. 하지만 어쩔 수 없는데(웃음). 그러니까 대체 왜 밀실이어야 하냐는 논란에 빠질 걸요.

요네자와 맞아요. 바로 그거예요.

온다 아와사카 선생님의 장편 중에서는 뭘 좋아하나요?

요네자와 저는 『요녀의 잠』이에요.

온다 전 역시 『기계장치 난장』[11]이에요. 뭔가 묘하게 이상한 활기가 있잖아요?

요네자와 주인공이 현장에 뛰어드는 동기도 좋아요. 자기한테 돈을 쥐여준 노인만 찾으면 뇌물을 받은 게 아니라는 사실을 증명할 수 있는 중년의 전직 경찰관이 나오죠.

온다 그랬던가(웃음). 거의 잊어버렸지만 운석을 맞고 죽는 데서 시작하는 게 굉장히 인상적이었어요. 아와사카 선생님 특유의 초월적 느낌의 터치가 굉장해서.

요네자와 맞아요. 아와사카 선생님의 세련된 호탕함은 굉장히 부러워요. 렌조 (미키히코) 선생님의 엄청나게 농밀한 문장도 좋아하지만요.

온다 렌조 선생님 작품 중에서는 뭘 좋아하죠?

요네자와 일반적이지만 『회귀천 정사』[12]. 하지만 같은 '화장' 시리즈인 『저녁싸리 정사』에 들어 있는 작품을 가장 좋아합니다.

온다 지금 읽어도 굉장하죠. 레벨이 굉장해요. 요즘 비교적 미스터리 계열로 돌아와서.

요네자와 『인간 동물원』[13]이나.

온다 맞아요, 맞아. 여전히 굉장하다 싶었어요. 그건 유괴물인데…… 유괴물도 한번 써보고 싶어요. 그리고 겐토샤문고에 들어 있는 『내일이라는 과거에』[14]. 여자들끼리 계속 편지를 주고받는 장편인데 읽고서 굉장히 놀랐어요. 서간체 작품도 한번 길게 써보고 싶어요.

요네자와 온다 선생님도 짧은 작품이라면 「왕복 서신」[2]을 쓰신 적이 있죠. 렌조 선생님의 단편 중에도 서간체 걸작이 있어요. 퇴직을 앞둔 경찰관이 자기를 돌봐준 선배 경찰관에게 "그간 신세를 많이 졌습니다. 그 유괴 사건은 지금도 잊지 못하고 있습니다"라는 식으로 길게 써 내려가는 「과거로부터의 목소리」[15].

"미스터리에는 '형태'가 있는데 마치 보물산처럼 보여요." (요네자와)

"본격 미스터리는 전통 예능. 모방을 바탕으로 창조하는 풍습이 있으니까요." (온다)

온다 요네자와 씨의 경우에는 특정 작품의 오마주로 쓰기 시작하는 것보다 이번에는 클로즈드 서클[주7]을 쓰고 싶다거나, 미싱링크를 쓰고 싶다거나 하는 느낌인가요?

요네자와 특정 작품이 떠오르는 경우도 많아요. 『멀리 돌아가는 히나』 중에 헛간에 갇히는 이야기가 있는데 그건 원래 자크 퓌트렐의 『13호 독방의 문제』[16] 스타일을 쓰고 싶어서(웃음).

온다 고전이네요(웃음). 그걸 어떻게 알아요? 사실 본인이 이건 ××의 오마주라고 생각해도 다른 사람들이 보면 "그건 아니지"라는 경우가 흔하죠(웃음).

요네자와 솔직히 쓰다 보면 점점 멀어지는 경우가 많거든요. 하지만 그렇게 멀어진 곳에서 새로운 소설이 완성되어가는 거죠.

온다 다음에는 이걸 써보고 싶다 하는 선행 작품은 있나요?

요네자와 그걸 말해버리면 힘들어지는데……(웃음). 반대로 절대 자신은 없지만 해보고 싶은 게 보르헤스예요. 『모래의 책』에 「아벨리노 아레돈도」라는 단편이 들어 있는데요. 한 남자가 자택 별채에 틀어박혀서 아무도 만나지 않고 살아요. 어째서 그런 짓을 하는지는 몰라요.

"반대로 절대 자신은 없지만 해보고 싶은 게 보르헤스예요." (요네자와)

"퀸의 '라이츠빌' 시리즈는 오마주를 써보고 싶어요." (온다)

온다 리쿠
1964년 미야기 현 출생.
1992년에 『여섯 번째 사요코』로 데뷔.
2005년 『밤의 피크닉』으로 제26회 요시카와 에이지 문학 신인상,
제2회 서점대상, 2006년 『유지니아』로 제59회 일본추리작가협회상,
2007년 『호텔 정원에서 생긴 일』로 제20회 야마모토 슈고로상,
2017년 『꿀벌과 천둥』으로 제156회 나오키상을 수상.

이게 의외로 본격 미스터리처럼 느껴졌어요.

온다 확실히. 와이더닛[주8]이니까요.

요네자와 피니싱 스트로크[주9] 같은 면이 있거든요. 보르헤스를 미스터리로 읽게 해주는 길잡이 작품이 아직 많구나 싶었죠.

온다 퀸의 '라이츠빌' 시리즈[17]는 오마주를 써보고 싶어요.

요네자와 그건 라이츠빌 같은 가상의 마을을 만들고 싶다는 뜻인가요?

온다 그것도 있고, 그 시리즈는 뭔가 기묘한 분위기가 있잖아요. 해결될 듯하면서도 해결되지 않고, 폐쇄성으로 가득한 굉장히 불쾌한 느낌. 그런 걸 써보고 싶어요.

요네자와 엘러리 퀸이 있는데도 전혀 괜찮은 느낌이 없죠.

온다 바로 그거예요. 그 굉장한 불안감이랄까, 신경쇠약처럼 예민한 분위기를 써보고 싶어요.

요네자와 사실 이건 온다 선생님께 어울리지 않을까 제 맘대로 생각하고 있는 게 존 딕슨 카의 『화형법정』이에요. 저 같은 타입은 못 쓰지만.

온다 어머나, 천만에요(웃음). 그렇다면 요네자와 씨는 역시 요코미조 세이시를 써줬으면 좋겠어요. 『옥문도』[18]나.

요네자와 『옥문도』라면 암시 살인[주10]이죠.

온다 맞아요, 암시 살인도 써야지!

요네자와 암시 살인까지요?(웃음)

온다 아직 써야 할 미스터리의 형태는 많이 남아 있잖아요. 제가 쓸 수 있을지는 또 별개의 문제지만.

요네자와 한 권의 책을 읽을 때 이 책은 한 권이지만 그 뒤에는 이렇게 많은 선행 작품이 이어져 있다는 감각이 기뻐요.

온다 그래서 결론은 이건가요? 고전도 읽자(웃음). 딱히 공부를 강요하는 건 아니지만 그 편이 즐거운 건 확실해요.

요네자와 그렇죠. 좋은 말씀 고맙습니다.

1

독 초콜릿 사건
앤서니 버클리 지음
이동윤 옮김, 엘릭시르 펴냄

범죄 연구회 회원 6명이 같은 사건에 대해 여섯 가지 추리와 해결책을 제시한다. 본격 추리문학의 수법을 구사한 고전 명작.

2

코끼리와 귀울음
온다 리쿠 지음
권영주 옮김, 비채 펴냄

『여섯 번째 사요코』에 등장했던 세키네 슌의 아버지, 전직 판사 다카오가 주인공으로 나오는 수수께끼 풀이 단편집. 「대합실의 모험」, 「왕복서신」 수록

3

맥주별장의 모험
니시자와 야스히코 지음
이연승 옮김, 한스미디어 펴냄

우연히 도착한 산장에 있던 침대 하나와 아흔아홉 개의 맥주, 열세 개의 맥주잔. 고주망태로 추리를 펼치는 안락의자 미스터리.

4

의존
니시자와 야스히코 지음

"저 사람은 내 친모야. 저 사람이 내 쌍둥이 형을 죽였어." 충격적인 고백으로 막을 여는 사랑과 욕망의 범죄극.

5

마호로 시의 살인 가을—야미구모 A코와 우울 형사
마야 유타카 지음

마호로 시를 공포의 나락에 빠뜨린 살인귀 '마호로 킬러'에게 마호로 시에 사는 유명 미스터리 작가 야미구모 A코가 도전장을 던진다.

6

유지니아
온다 리쿠 지음
권영주 옮김, 비채 펴냄

열일곱 명이 독살당한 아이자와 가의 사건. 마을의 기억 저편에 묻혀 있던 일가족 몰살 사건이 세월을 거쳐 다양한 시점으로 재구성된다.

7

스켈레톤 크루(상, 하)
스티븐 킹 지음
조영학 옮김, 황금가지 펴냄

모던 호러의 제왕 킹이 독자적인 환상 세계를 요사스럽게 그린 걸작 단편집 『스켈레톤 크루』 완결편.

8

좌부녀
모치즈키 미네타로 지음

한 남성 앞에 불쑥 나타나 주변을 맴도는 거대한 여인. 스토킹은 물론이고 소문이나 복수 등 다양한 타입의 공포가 등장.

9

비밀
G.K. 체스터턴 지음
김은정 옮김, 북하우스 펴냄

유머와 공포의 저변에 필연적 동기가 숨어 있는 「보드리 경 실종사건」과 「판사의 거울」 등 총 열 편을 수록.

10

아 아이이치로의 낭패
아와사카 쓰마오 지음
권영주 옮김, 시공사 펴냄

기묘한 사진을 찍는 카메라맨 아 아이이치로가 뛰어난 추리력으로 난해한 사건을 해결. 「발굴된 동화」 수록.

11

기계장치 난장
아와사카 쓰마오 지음

태엽 저택이라 불리는 마와리가의 정원에 건설된 거대 미로에 숨겨진 비밀에 여성 탐정과 신입 조수가 도전한다. 일본추리작가협회상 수상작.

12

회귀천 정사
렌조 미키히코 지음
정미영 옮김, 시공사 펴냄

두 번의 정사 미수 사건으로 두 여인을 죽음으로 몰아넣은 천재 가인 소노다 가쿠요. 가쿠요가 진정으로 사랑한 여인은? 일본추리작가협회상 수상 명작.

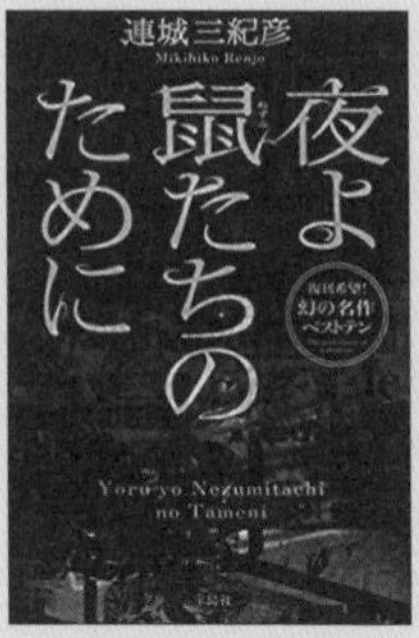

13
인간 동물원
렌조 미키히코 지음

기록적인 폭설로 도시 기능이 마비된 가운데 거물 정치가의 손녀가 유괴당하고 엎치락뒤치락 두 번, 세 번 유괴극이 벌어지는데?!

14
내일이라는 과거에
렌조 미키히코 지음

도쿄와 스위스를 잇는 왕복서간이 자아내는 레터 로마네스크. 두 여성의 편지를 통해 애증극을 미스터리하게 그려냈다.

15
밤이여, 쥐들을 위해서
렌조 미키히코 지음

아내의 복수를 위해 차례로 살인을 저지르는 한 남자의 집념을 그린 표제작 외에 「과거로부터의 목소리」 등 총 아홉 편을 수록.

16
세계단편걸작선 1

자크 퓌트렐의 탈옥 미스터리 명작 「13호 독방의 문제」와 체호프 「안전 매치」 등 일곱 편을 수록한 단편집.

17
재앙의 거리
엘러리 퀸 지음
정태원 옮김, 검은숲 펴냄

가공의 마을 라이츠빌을 무대로 한 시리즈 첫 작품. 이외에 『폭스가의 살인』, 『열흘간의 불가사의』 등이 있다.

18
옥문도
요코미조 세이시 지음
정명원 옮김, 시공사 펴냄

세토 내해의 외딴섬 옥문도에서 악몽 같은 연속살인 사건이 벌어진다. 탐정 긴다이치 고스케가 받은 유언이 불러일으킨 파문은?

주

주1 **다중 해결 미스터리**
작중에서 하나의 사건에 여러 종류의 해결이 제시되는 타입의 본격 미스터리.

주2 **도서倒敍 미스터리**
범인의 정체가 초반부터 나오는 것. 완전범죄를 노리는 범인의 수법(독자에게는 제시된다)을 탐정이 어떻게 간파하는지가 볼거리다. 『형사 콜롬보』가 대표적인 예.

주3 **다잉 메시지**
피해자가 죽음의 순간에 남긴(범인을 지적하는 정보 포함) 글자 등의 메시지를 가리킨다.
엘러리 퀸이 고안했다고 일컬어진다.

주4 **미싱링크**
범행이 반복되는데도 불구하고 피해자 사이의 불명확한 공통 항목을 가리키는 용어.
이 '잃어버린 고리'의 발견이 사건 해결의 열쇠가 된다.
애거사 크리스티의 『ABC 살인 사건』이 원조로 알려져 있다.

주5 **밀실**
사람이 출입할 수 없는(그것이 마땅한) 방. 혹은 그런 상황을 가리키는 비유 표현.
본격 미스터리에서 가장 기본적이고 심오한 트릭. 이 분야 일인자는 딕슨 카.
『세 개의 관』에서는 밀실강의까지 펼친다.

주6 **바카미스**
독자가 무심코 '그렇게 바보(바카) 같을 수가!'라고 외칠 정도로 뜻밖인(혹은 말도 안 되는)미스터리를 부르는 애칭. 일본에서는 국내외 바카미스 연간 베스트를 정하는 '바카미스 대상'도 개최하고 있다.

주7 **클로즈드 서클**
외부에서 완전히 차단된 닫힌 공간을 말한다. 폭풍 치는 외딴섬이나 산장,
눈 덮인 산장 등. 본격 미스터리에서는 빼놓을 수 없는 무대장치 중 하나.

주8 **와이더닛**
Why done it? 범인은 어째서 범행을 저질렀는가='동기'에 주안점을 둔 본격 미스터리.
'후더닛'은 '범인은 누구인가?', '하우더닛'은 '범행 방법은?'.

주9 **피니싱 스트로크**
'최후의 일격'. 범인이나 동기, 범행 방법 등의 진상이 마지막 페이지,
이상적으로는 마지막 줄에서 밝혀지는 것.
엘러리 퀸의 『프랑스 파우더 미스터리』나 『X의 비극』 등이 유명.

주10 **암시 살인**
유명한 노래나 이야기에 빗댄 형태로 살인을 저지르는 것.

The niece of time

Why didn't she ask EBA?

Welcome to KANYA FESTA!

Little birds can remember

It walks by past

Last seen bearing

'고전부'의 세계

당신에게 '고전부' 시리즈란?

진지한 미스터리? 최고의 청춘 소설?

자기만의 대답을 떠올리면서 여기서 잠깐 되짚어봅시다.

작가가 직접 말하는 '고전부' 전체 해설부터 숨은 이야기까지,

'새로운 일면'을 발견하게 해줄 이정표를 따라서.

주요 등장인물 데이터

'고전부'의 세계

오레키 호타로

◎ **경력** 가부라야 중학교 졸업.
2000년 4월, 가미야마 고등학교에 입학.
누나 도모에의 권유로 폐부 직전의 고전부에 가입.
성적은 중간으로 350명 중 175등(1학년 상반기 중간고사 결과).
문과를 선택했다.

◎ **성격** 에너지 절약주의. 좌우명은 '안 해도 되는 일은 안 한다.
해야 하는 일은 간략하게.'

◎ **말버릇** 마음속으로 종종 "어련하시겠어요"라고 중얼거린다.

◎ **취미** (자각은 없지만) 독서. 동아리실에서 자주 문고본을 읽는다.
커피 취향은 약배전.

지탄다 에루

◎ **경력** 인지 중학교 졸업.
'일신상의 사유'로 고전부에 가입, 부장이 된다.
가미야마 시 4대 명가 중 하나, 호농 지탄다가의 외동딸.
성적 우수, 학년에서도 5위 안에 든다. 이과를 선택했다.

◎ **성격** 호기심이 대단히 왕성해 때때로 저돌적으로 돌진.
관찰력, 기억력이 뛰어나다. 오감도 예민하다.

◎ **말버릇** 커다란 눈을 호기심으로 빛내며 "저, 신경 쓰여요".

◎ **취미** 요리 솜씨는 굉장히 뛰어나다. 말차 우유에 빠졌던 시기가 있다.

후쿠베 사토시

◎ **경력** 가부라야 중학교 졸업.
고전부, 수예부 소속, 총무 위원회에도 들어가 있다.
◎ **외모** 키가 작고 멀리서 보면 여자 같다.
눈과 입가에는 늘 웃음을 머금고 끈 달린 주머니를 애용.
◎ **성격** 넓고 얇게 모든 일에 끼어드는 타입.
좌우명은 '농담은 그 자리에서 끝내는 게 제일이다, 화근을 남기면 거짓말이 된다.'
◎ **말버릇** "데이터베이스는 결론을 내릴 수 없다."
◎ **취미** 가짜 풍류인(오레키 평)이라 취향이 쉽게 변하지만 사이클링(산악자전거를 애용)과
셜록 홈스와 아케이드 게임은 애호.

이바라 마야카

◎ **경력** 가부라야 중학교 졸업.
오레키와는 초중학교 9년 동안 같은 반이었다가
가미야마 고등학교에 들어와 처음으로 갈라졌다.
만화 연구회, 도서 위원회 소속. 고전부에는 5월에 가입.
◎ **외모** 키가 작고 동안. 초등학생으로 보일 정도.
◎ **성격** 성미가 급하다. 책임감도 강하다.
◎ **말버릇** 딱히 없지만 말투가 신랄하다.
◎ **취미** 만화. 실제로 그려서 신인상에 응모할 정도로 진지하게 임하고 있다.
해외 미스터리도 그런대로 좋아한다.

오레키 도모에

◎ **경력** 호타로의 누나. 가미야마 고등학교 고전부 졸업생으로 지금은 대학생.
폐부 직전의 고전부를 존속시키기 위해 호타로를 가입시켰다(반강제로).
◎ **성격** 대단히 활동적.
◎ **취미** 여행. 대학 입학과 거의 동시에 홀로 유라시아 대륙 횡단 여행을 떠났다.
2000미터대 산에 오른 경험도 있다. 합기도와 체포술 실력도 뛰어나다.

저자가 알려주는
'고전부' 시리즈 완전 해설

데뷔작 『빙과』부터 최신작 『이제 와서 날개라 해도』까지,
요네자와 선생님의 코멘트와 함께 소개합니다.

The niece of time
Why didn't she ask EBA?
Welcome to KANYA FESTA!
Little birds can remember
It walks by past
Last seen bearing

『빙과』 권영주 옮김

≫

"어떤 일에도 적극적으로 관여하지 않는다"가 모토인 오레키 호타로였지만 고전부 친구들의 의뢰로 일상에 숨은 불가사의한 수수께끼를 차례로 풀어나가게 되는데.

오레키 호타로는 타인의 열광적인 행동에 휘말려 힘들었던 경험이 있는 게 아닐까 싶어요. 저 역시 다른 의견을 전부 짓누르는 열광적인 분위기를 두려워했기 때문에 이런 주인공이 완성된 게 아닐까요. '고전부' 시리즈는 '열광과 거기에 짓눌린 사람'에 대한 표현을 테마로 출발했는데, 그 주제는 지금도 간간이 엿볼 수 있습니다.
또한 과거 일본에서 일어났던 어떤 큰 사건이 배경인데, 처음 가도카와 서점에 찾아갔을 때 뵈었던 거의 모든 분들이 어째서 이걸 다뤘느냐고 물어보셨던 게 기억납니다.

『바보의 엔드 크레디트』 권영주 옮김

≫

선배의 부름으로 호타로는 문화제에 발표할 단편영화를 보게 된다. 폐가에서 일어난 충격적인 살인 장면에서 끊긴 그 영상에 숨겨진 진의는?

이 소설은 실제 경험이 바탕이 되었습니다.
고등학교 3학년 문화제에서 비디오 영화를 만들게 되어서 미스터리를 제안했다가 제가 각본을 쓰게 되었어요. 각본을 쓴 건 그때가 처음이었는데 현재로서는 마지막이기도 합니다. 당연한 일이지만 당시 제 기량은 별 볼 일 없어서 주위의 의견을 제대로 흡수하지 못했어요. 겨우 완성해서 좋은 평가를 받을 수는 있었지만 만약 그때 중간에 달아났다면 어떻게 되었을까…… 그런 마음이 원점에 있습니다.

『쿠드랴프카의 차례』 권영주 옮김

≫

문화제에서 기묘한 연쇄 도난 사건이 발생.
도둑맞은 물건은 바둑알, 타로 카드, 물총. 고전부 인지도를 높이려고
불타오르는 친구들에게 떠밀려 호타로는 이 수수께끼에 도전하게 되는데.

되돌아보면 문화제 삼부작의 마지막 작품이 되었네요. 모듈러식으로 도전하면서 과거의 두 작품과는 달리 오레키 이외의 인물 시점도 담았습니다. 열광에 대한 경계는 유지하면서도 축제는 싫지 않아서 제법 북적북적한 이야기가 되었어요. 정열과 엇갈린 감정을 테마로 고전부 멤버들이 직면하는 사건을 그렸는데 오레키는 움직이지 않고 단순히 수수께끼만 풉니다. 시간표의 오레키 란은 계속 "동아리실에 있었다"였어요.

『멀리 돌아가는 히나』 권영주 옮김

≫

기묘한 교내 방송의 의미는? 마야카가 사토시에게 보낸
밸런타인 초콜릿의 행방은? '산 히나' 축제 개최의 위기 등,
여러 수수께끼와 맞닥뜨린 호타로의 고등학교 생활 일 년을 그린 단편집.

시리즈의 전환점이 된 단편집입니다. 문화제가 끝나고 여기부터 조금씩 '외부'를 그리기 시작했어요. 그건 곧 고전부 친구들이 어떤 사람이 되어가는지, 그 과정을 쓰는 일이기도 했습니다. 잡지에 게재할 때는 일부러 시계열을 섞어서 썼고 책으로 엮을 때 다시 원래 시계열로 정리해 일 년의 흐름을 그린 연작 단편집으로 마무리하면서 동시에 초반에는 '학교 안에서만 벌어지는 수수께끼'였다가 마지막에는 '학교 밖에서만 벌어지는 수수께끼'로 옮겨가도록 살짝 장난을 쳤던 기억이 납니다.

『두 사람의 거리 추정』 권영주 옮김

≫

고전부에 신입생 오히나타가 임시로 가입하지만 그녀는 정식 가입 직전에 그만두겠다고 한다. 가입 기간 마지막 날 개최되는 마라톤 대회에 참가한 호타로는 달리면서 변심의 진상을 추리한다.

상급생이라는 입장의 아이들을 쓰려고 했습니다. 체계적인 틀을 갖춘 이야기를 만들고 싶어서 증인들에게 딱 한 번만 질문할 수 있는 상황에서 적절한 질문이 무엇인지 찾기 위해 과거를 회상해가는 구조를 생각했어요. 현재와 회상이 뒤죽박죽으로 진행되는 이야기지만 시계열은 비교적 깔끔하게 다듬었습니다. 신입 부원이 들어와 지금까지와는 다른 형태의 수수께끼를 만들 수 있었어요. 오히나타 도모코는 문제를 갖고 있지만 그건 지금의 오레키는 관여할 수 없는 일입니다.

『이제 와서 날개라 해도』 김선영 옮김

≫

호타로가 '에너지 절약주의자'가 된 계기란?
합창 대회 출전을 앞두고 사라진 지탄다는 어디에 있는 걸까?
수수께끼와 함께 '고전부' 멤버들의 새로운 일면도 풀리는 단편집.

구상 초반부터 '과거'와 '미래'를 테마로 잡았어요.
고전부 멤버들은 어떤 과거에 사로잡혀 있고, 어떻게 미래를 바라보는지, 각자가 맞서야 하는 문제가 무엇인지 고민하면서 미스터리로서의 구조도 식상해지지 않도록 고민하는 게 힘들었지만 즐겁기도 했습니다. 하우더닛이나 암호 미스터리, 와이더닛 등, 다양한 스타일을 쓰면서 그들 인생의 청사진을 조금은 그려내지 않았나 싶습니다.

더 마니악한
'고전부' 숨은 이야기 대공개!

요네자와 선생님은 작품 안에서 살짝 '장난' 치기를 좋아하는 모양입니다.
숨은 이야기는 처음 공개되는
두 작품을 포함한 시리즈 최신작까지 총망라,
"헐~", "그랬구나!" 하고 고개가 끄덕여지는 것부터
"어련하시겠어요?" 싶은 장난까지,
다양한 정보를 요네자와 선생님의 코멘트와 함께 소개합니다.

『빙과』, 『바보의 엔드 크레디트』, 『쿠드랴프카의 차례』, 『멀리 돌아가는 히나』
—— 《소설 야성시대》 2008년 7월 호 게재
『두 사람의 거리 추정』, 『이제 와서 날개라 해도』 —— 신규 집필

『빙과』

【자릿수 올라가는 4대 명가】— 31쪽
아레쿠스 신사의 주몬지十文字가, 서점 사루스베리百日紅가, 호농 지탄다千反田가, 산 임자 만닌바시万人橋가를 가리키는데, 이런 이름을 붙이게 된 경위는 "경륜의 주몬지 선수 이름이 떠올라서 지탄다의 '지千'와 주몬지의 '주十'…… 그럼 십十, 백百, 천千, 만万으로 하자 싶어서. ……죄송합니다."

【오이데 나오토】— 66쪽
『가미야마 고등학교 오십 년의 발자취』에 1972년 2월 2일 사고로 사망했다고 기록된 학생. 사실 고전부 고문 선생님의 성도 '오이데'인데……. "미스터리를 많이 읽은 분들은 나중에 연결되어 복수의 동기가 될지도 모른다고 생각해줄 것 같았어요. 하지만 이건 그런 미스터리 애호가를 위한 레드헤링(=미스디렉션, 오해 유도)이랍니다." 즉 아무 상관도 없다.

【파인애플 샌드】— 83쪽
호타로의 단골 카페 이름. "블랭키 제트 시티*의 곡명에서 따왔어요. 좋아하거든요." 참고로 앨범 '로메오의 심장' 수록곡.

【절이니, 뮤니, 넘버스니】— 232쪽
고전부 문집 《빙과》에 이바라가 쓴 '고전 명작이라고 불리는 어느 만화'에 관한 기술. "다케미야 게이코 씨의 『지구로』**를 가리킵니다." 뮤는 일종의 초능력을 가진 신인류의 호칭. "오레키는 『지구로』를 모르기 때문에 잘못 기억하죠. '뮤'가 아니라 '뮤우', '넘버스'가 아니라 '멤버스'가 정답입니다." 참고로 『지구로』는 『쿠드랴프카의 차례』 365페이지에도 등장합니다.

* 일본의 3인조 록밴드, 1987년에 결성해 2000년에 해산했다.
** 여기에서 절과 지구는 '테라'로 읽는다.

『바보의 엔드 크레디트』

【Why didn't they ask EBA?】— 겉표지
요네자와 선생님이 직접 붙인 영문 타이틀. 애거사 크리스티의 『왜 에번스를 부르지 않았지? Why Didn't They Ask Evans?』에서 따온 것. "등장인물 중 한 명 '에바 구라코'라는 이름도 거기서 유래했습니다."

【십계도, 아홉 개 명제도, 스무 개 법칙도】— 61쪽
2학년 F반 혼고 마유가 학급 영화 각본을 집필하려고 공부했다는 미스터리의 철칙. '십계'는 로널드 녹스가, '아홉 개 명제'는 레이먼드 챈들러가, '스무 개 법칙'은 S.S. 밴 다인이 탐정소설의 공정한 전개를 위해 제창한 규칙. "모든 것을 설명하려면…… 페이지가 부족합니다. 게다가 최근의 미스터리에서는 의식할 필요성도 거의 사라졌어요."

【음악】— 83, 121, 160쪽
문화제를 목표로 각 음악부가 연습을 거듭하고 있는데 취주악부는 〈뤼팽 3세(주제곡)〉, 전통 음악부는 〈미토 고몬(주제곡)〉, 경음악부는 〈The March Of The Black Queen〉. 참고로 세 번째 곡은 QUEEN이 자랑하는 록 역사에 빛나는 명곡 앨범 'Queen II'에 수록. 그런데 1974년에 발표한 세 번째 곡이 귀에 익다니, 사실 호타로는 상당한 록 마니아가 아닐까?

【책등이 노란 문고본】— 117쪽
호타로가 몇 권 읽었다는 책. "이건 물론 소겐추리문고죠!"

【나카무라 세이】— 126쪽
2학년 F반 학급 영화 무대가 된 극장 설계자 이름. 다만 '세이' 다음 글자는 읽을 수가 없는데……. "아야쓰지 유키토 선생님의 '관' 시리즈 나카무라 세이지에서…… 따왔다고 하고 싶지만 나카무라 세이지가 공공 건축을 맡았을 리는 없지요. 아마도 나카무라 '세이노스케'나 '세이타로' 같은 이름이겠죠(웃음)."

【셜록 홈스의 모험】— 129쪽

혼고 마유가 각본을 집필하려고 읽은 문고본. 『셜록 홈스의 사건집』도 등장하지만 "이건 신초샤 판이에요. 신초샤는 단편집 페이지를 조정하려고 몇 작품을 삭제했는데, 삭제한 작품을 『셜록 홈스의 지혜』라는 책으로 엮었어요. 그래서 혼고가 말하는 리스트는 진짜(원서)와는 조금 다릅니다."

【위스키 봉봉】— 154쪽

지탄다가 고전부에 가져온 선물. 지탄다는 일곱 개, 호타로는 두 개를 먹었다. "이건 앤서니 버클리의 『독 초콜릿 사건』 첫머리에 나온 초콜릿 개수예요. 쓰러진 피해자는 일곱 개를 먹었지만 살아남은 주인공은 두 개. 일곱 개를 먹은 지탄다는 술에 취하는 거죠. 아무도 몰라주는 장난입니다(웃음)."

【나를 대하듯 받들어 모시렷다】— 214쪽

사토시의 대사. "이건 『고사기』에 나오는 '나를 대하듯 받들어 모시렷다'에서 따왔습니다. 아마테라스오미카미가 천손으로 강림한 니니기노미코토에게 하사한 3종의 신기 중 팔척경에게 내린 신의 말씀이죠." 사토시, 박학하구나!

『쿠드랴프카의 차례』

【청의 찬가】— 14쪽

미술부의 문화제 전시 작품명. "아와사카 쓰마오 선생님의 단편 「적색 찬가」(『아 아이이치로의 도망』 수록)에서 따왔습니다."

【작년 세이운상 미디어 부문 수상작】— 15쪽

SF 연구회의 문화제 프로그램. "'작년'은 1999년을 말합니다. 사실 이건 〈기동전함 나데시코–The prince of darkness–〉인데, 가도카와 영화예요. 제작사를 배려하면서도 타이틀은 언급하지 않았죠(웃음)."

【와일드 파이어】— 16쪽
문화제에서 조리 연구회가 주최하는 이벤트 이름. "이건 마이클 크라이튼의 『안드로메다 스트레인』에 나오는 실행 기관과 작전명에서 따왔습니다. 천문부의 요리라는 이미지에서 연상해서 붙였던 것 같아요."

【코스프레】— 39, 71, 138, 319쪽
이바라를 비롯한 만화 연구회 멤버(일부)가 손님을 끌기 위해서 했다. 이바라는 전부 만화 캐릭터로, 첫날이 하기오 모토 『11인이 있다!』의 프롤, 둘째 날이 후지코 F. 후지오 『에스퍼 마미』의 사쿠라 마미, 셋째 날이 데즈카 오사무 『칠색잉꼬』의 센리 마리코. 이바라와 적대하는 고치 선배는 전부 게임 캐릭터로, 첫날이 〈뱀파이어 헌터〉의 레이레이, 둘째 날이 〈용호의 권〉 킹, 셋째 날이 〈스트리트 파이터〉 춘리. "고치는 둘째 날만 돈이 별로 안 들었어요. 고등학생인데 사흘 전부 퀄리티가 높은 건 어려울 것 같아서. 이바라는 의욕이 없어서 사흘 전부 저렴하게 했습니다."

【이백 부】— 48, 65쪽
실수로 인쇄된 고전부 문집 《빙과》 부수. 발주한 이바라가 자기 동인지 부수를 잘못 전달한 탓. "하지만 개인이 이백 부면 굉장한 대형 서클이래요(웃음). 여러 사람들에게 한마디씩 들었습니다."

【메인이 AK에 사이드가 글록】— 152쪽
원예부가 소화용으로 사용하던 물총 이름. AK는 칼라시니코프라는 이름으로도 유명한, 소비에트군에서 사용한 라이플. 글록은 오스트리아제 자동 권총으로 미국 FBI도 사용. 즉 구 동방과 서방. 거기서 호타로는 "지조가 없어도 너무 없다"고 말한다. "즉 호타로는 총에 대해 조금 알지만 '에이케이가 아니라 아카(러시아 발음)다!'라고 주장할 만큼 마니아는 아닙니다. 참고로 조사한 범위에서는 AK 물총은(집필 당시에는) 존재하지 않았습니다."

【파타 모르가나】— 175쪽
조리 연구회 이벤트 '와일드 파이어'에 참가한 팀 이름. "아서 왕의 누나 이름입니다. 『쿠드랴프카의 차례』는 도서관에서 썼는데, 기분 전환으로 읽던 책에 나와서 그대로."

【단풍 시월】— 254쪽
마술부가 마술 공연에서 사용한 화투 패의 이름. "트럼프 맞추기는 너무 흔해서 화투로 했습니다. 아와사카 쓰마오 선생님의『열한 장의 트럼프』에서 유래했어요. 분명 그 트릭을 여기서도 그대로 쓸 수 있지 않을까……."

【자연의 부름】— 302쪽
화장실에 간다는 뜻의 등산가들의 은어. '꿩을 사냥하러 간다'고도 표현한다. "호타로에게 등산 경험이 있다는 걸『이제 와서 날개라 해도』의「첩첩 산봉우리는 맑은가」에서도 드러냈습니다. 여성의 경우에는 '꽃을 따러 간다'고 말한다는군요."

【눈의 초점이 약간 멍해진 채 한 자세로 오래 있을 때】— 339쪽
호타로가 고민할(추리할) 때의 모습. 지탄다의 관찰 결과. "탐정은 대개 추리에 들어갈 때 특유의 액션이 있어요. 또는 핵심적인 대사라거나. 호타로에게도 만들어주고 싶었는데, 시리즈 두 번째 작품까지는 호타로의 일인칭이라 쓸 기회가 없었습니다. 이번에 처음으로 밖에서 바라보는 상황이라 가능했어요. 수수하지만요(웃음)."

【미싱 링】— 344쪽
"미싱 링과 미싱링크, 둘 다 의미가 통하고 둘 다 자주 나오는데, 어느 쪽이 옳은지는 저도 잘 모르겠습니다."

『멀리 돌아가는 히나』

【무당거미 클럽】— 34쪽
호타로가 가미야마 고등학교에 있다고 하는 비밀 동아리 이름. "이건 물론 교고쿠

나쓰히코 선생님의 『무당거미의 이치』와 아이작 아시모프의 『흑거미 클럽』에서 따왔습니다."

【인지 중학교】— 43쪽
지탄다가 나온 중학교 이름. 호타로는 가부라야 중학교. "가부라야는 화살의 한 종류이고 인지는 투석을 뜻해요. 먼저 '가부라야'라는 이름을 발표했기 때문에 투척 무기로 짝을 맞춰봤습니다. ……그 이상의 뜻은 없어요."

【세이잔소青山壮】— 123쪽
이바라의 친척이 경영하는 온천이 딸린 민박집 이름. "미토 고몬이 은거했던 곳이 '세이잔소西山壮'입니다. ……우연히 같은 발음을 썼어요. 나중에 깨달았습니다. 이상한 이름을 붙이고 말았어요."

【흉】— 241쪽
호타로가 설날에 뽑은 제비 점 결과. "그동안 뽑은 적이 없어서 실제로는 없는 줄 알았습니다. 최근에 처음 뽑아봤어요. 꽤 충격이 컸습니다."

【새해 문 많이 열려라】— 294쪽
말장난. "잡지 게재 당시 '아저씨 개그 같아서' 뺐는데, 단행본 편집자께서 '꼭 넣어야 한다!'고 해서. 그래서 넣었습니다."

【수제 초콜릿】— 302쪽
"사실 이 단편을 쓰기 전에 헌책방에서 초콜릿 회사가 무슨 기념으로 낸 '초콜릿 사전' 같은 책을 발견해 구입했어요. 그걸 계기로 이 작품을 쓰려고 했죠."

【호타로의 작문 실력】— 302쪽
시리즈 네 번째 작품까지 두 번, 마음속으로 그랬지만 호타로가 창작 같은 행동을 한다. 하나는 이바라의 모습을 묘사한 두 문장, 44자. 그리고 또 하나는 『쿠드랴프카의 차례』 안에서 팔다 남은 『빙과』를 표현한 다섯 문장, 266자(294쪽). 과연 호타로의 작문 실력은? "형용사가 너무 많아요."

【게임】— 314쪽
호타로와 사토시가 대전하는, 로봇 간의 전투를 시뮬레이션하는 아케이드 게임. "모델은 〈(전뇌전기) 버추얼 온 오라토리오 탱그램〉. 설정 당시(2000년)에 유행했어요. 사토시가 조종하는 로봇은 '사이퍼', 호타로는 '라이덴'입니다."

【일통로월一筒撈月】— 322쪽

사토시가 노리는 마작의 역 이름. 역만(궁극의 패)이라는데……. "지금은 쓰이지 않는 오래된 역이에요. 그 밖에도 이색창공二索搶槓이나 오통개화五筒開花 같은 역만이 있었다고 합니다." 참고로 일통로월은 해저로월(海底撈月, 그 판의 마지막 패로 나는 것)로 성립.

【공작원】— 342쪽

공작부 부원을 가리킨다. 호타로는 계속 '공작원'이라고 말한다. "뭐, 시시한 장난이죠."

『두 사람의 거리 추정』

【호시가야 배】— 10쪽

매년 5월 말에 열리는 가미야마 고등학교 장거리 달리기 대회. "작중에서는 20킬로미터를 달리는데 제가 다녔던 고등학교에서는 15킬로미터였던 걸로 기억해요. 교통량이 적은 산지를 달리는 거라 거리보다 높낮이 차이가 힘들었어요."

【천하를 차지했다】— 41쪽

신입생 가입 권유 오리엔테이션에서 고전부를 알리기 위한 사토시의 토크 첫 문장. "라쿠고 〈기슈〉가 원전입니다."

【생일】— 100쪽

호타로의 생일. "짧은 기간에 쑥쑥 성장하는 초등학교 저학년 때 4월생은 득이 많았을 거예요. 체육 성적은 좋지 않았을까 싶네요."

【칩스 스위트포테이토】— 146쪽

오히나타가 가고시마에 주문한 고구마 칩. “오히나타가 ‘제 과자를 먹었으니 선배들이 해주실 일이 있어요.’라고 말하는데, 이건『삼국지연의』에 나오는 관로管輅 일화에서 따왔습니다. 이제 곧 죽을 거라는 말을 들은 청년이 점술가 관로의 조언대로 바둑에 빠져 있는 노인들에게 술과 고기를 권하죠. 노인들이 무심코 음식을 먹자 사실은 수명을 관장하는 별의 화신이었던 그들에게 수명을 늘려달라고 부탁하는 이야기입니다.”

【《심층》】— 165쪽

주간지. “훗날 이바라가 투고하는 만화 잡지의 전신이《월간 코믹 신·소》* 예요. 아마 출판사는 같겠죠. 그 밖에 뉴스 잡지인《월간 심층》도 내고 있는 모양입니다.”

【러시아어】— 254쪽

호타로와 오히나타의 대화. “갑자기 나오는 러시아어 말인데, 클린트 이스트우드 주연 영화 〈파이어폭스〉를 생각했어요. 지금 제가 다시 읽어보니 상황이 너무 다르지만…….”

『이제 와서 날개라 해도』

【야키소바】— 11쪽

호타로의 어느 날 저녁 메뉴. “오레키는 면을 미리 푸는데, 그렇게 만들면 처음에 볶을 때 면을 풀 필요가 없죠.”

* 심층의 일본어 발음과 같다.

【라면】— 51쪽
밤거리를 걷던 호타로와 사토시가 무심코 들른 라면 가게. "평범한 라면처럼 보이는데 어째선지 유난히 뜨겁다는 설정은 옛날 신주쿠 오타키바시 길가에 있던 가게의 라면 특징이에요. 처음 먹었을 때는 뭐 이런 라면이 있나 싶어 황당했어요."

【벼락】— 153쪽
가부라야 중학교 영어 교사 오기의 전설. '그때까지 살아오면서 벼락을 세 번이나 맞았다'. "벼락을 세 번 맞은 사람이 실제로 제 주위에 있었습니다."

【《월간 코믹 라·신》】— 177쪽
이바라가 애독하는 만화 잡지. "작중 표현만 보면《하루타》*가 가까울 것 같네요."

【하루 엔마】— 180쪽
만화 투고자.
"제가 쓴『부러진 용골』(소겐추리문고)에 할 엠마라는 인물이 나옵니다."**

【대사표】— 206쪽
이바라는 만화를 그릴 때 먼저 대사부터 쓴다. "『빙과』 만화를 그려주고 계신 TASKOHNA 씨에 따르면 대사만 먼저 쓰는 방식은 드물지 않아서, 그런 대사표를 '문자 네임'이라고 부르기도 한다더군요."

【이런 옛날이야기】— 421쪽
어떤 상황에서 호타로가 지탄다와 대화하다가 문득 떠올린 이야기. "옛날이야기가 아니라 아마테라스가 동굴에 숨었다는 신화입니다."

* 신인 작가를 중점적으로 기용하는 가도카와의 브랜드 엔터브레인의 만화 잡지.
** 장단음 차이를 제외하면 일본어 발음이 같다.

요네자와 호노부에게
30가지 질문

독
자
편

『이제 와서 날개라 해도』 출간 당시 특설 사이트에서 모집한
'요네자와 선생님에게 묻는다!'
질문 수는 400건 이상. 요네자와 선생님 vs 독자,
미발표 내용을 포함한 뜨거운 30가지 문답을 소개합니다.

질문 01

'고전부' 시리즈 중에서 요네자와 선생님이 가장 좋아하는 '수수께끼'는 무엇인가요? 참고로 저는 『멀리 돌아가는 히나』의 「기억이 있는 자는」에 나온 교내 방송의 진의에 대한 수수께끼가 가장 매력적으로 느껴졌습니다. — **wakkun 님**

대답

저마다 각기 다른 애착이 있어 이건 좋고 다른 건 그 정도는 아니라는 생각은 없지만, 『두 사람의 거리 추정』에 넣은 「가입 접수는 이쪽」과 「참 멋진 찻집」은 재미있는 시도와 결말을 써냈다고 생각합니다.

질문 02

부끄럽지만 저는 일할 때 다른 일이 머릿속을 스쳐서 당황할 때가 종종 있어요. 소설 세계를 처음부터 만들어내고 거기에 묻혀서 집필하는 요네자와 선생님은 집중력도 높을 것 같은데요. 어떻게 하면 눈앞의 일에 계속 집중할 수 있을까요? — **다이보 님**

대답

평소 그렇게 집중력이 지속되지는 않습니다. 소설이 점입가경에 이르면 하루에 400자 원고지 80매, 100매씩 쓰는 경우도 있지만 그건 드문 일이에요. 재미없는 부분을 이것도 아닌데, 저것도 아닌데 하며 감질나게 써나가는 수밖에 없습니다.

그래도 강제로 집중해야 할 때는 'MAGAM'이라는 게 잘 듣는다는 소문을 들은 적이 있네요.

질문 03

남성 작가가 쓰는 소설의 여주인공은 그 작가의 이상형이라는 게 제 지론입니다. 선생님은 지탄다가 이상형인가요? 만약 아니라면 '고전부' 시리즈의 여성 중에서 누가 가장 취향의 타입인가요? — **안코 님**

대답

죄송하지만 제 경우 소설의 여주인공에 제 취향이나 이상은 전혀 반영하지 않습니다. 그리고 '고전부' 시리즈에 등장하는 여성은 제가 이 시리즈를 쓰기 시작했을 때도 타입을 따지기에는 너무 어렸고요.

질문 04

'고전부' 시리즈는 일상에 숨어 있는 수수께끼를 풀어가는 이야기인데, 요네자와 선생님은 일상 속에서 수수께끼를 맞닥뜨리면 지탄다처럼 홍미진진하게 풀려고 하나요? 아니면 호타로처럼 에너지 절약주의자인가요? — **Scent 님**

대답

"저렇지 않을까?" "이런 경우도 생각해볼 수 있겠군" 하고 이것저것 추론하며 즐기기는 하지만 입증을 한다거나 다른 가능성을 소거해나가는 건 아니기 때문에 호기심과 에너지 절약의 절충 같은 느낌이네요.

질문 05

『바보의 엔드 크레디트』에 「맞이죠」*라는 챕터 제목이 있었는데 다음 작품 『쿠드랴프카의 차례』 후기에서 '아지테이션'이라는 단어에 빗댄 거라는 글을 읽었습니다. 이건 뭘 뜻하는 건가요? — **가타카나 님**

대답

자세히 쓰진 않겠지만 『바보의 엔드 크레디트』 제5장에서는 어느 인물이 어떤 인물을 부추긴다는(아지테이트) 뜻입니다.

질문 06

'고전부' 시리즈에서는 다양한 청춘의 형태를 발견했다고 느꼈습니다. 그래서 질문인데요, 그런 청춘을 그릴 때 본인의 실제 경험이 들어 있기도 한가요?
— **밀감 님**

대답

"학창 시절에는 학생회 선거를 했지", "마라톤 대회 거리가 길었지", "중학교 졸업 작품으로 거울 틀을 만들었는데", 이런 식으로 일어난 일에 대한 경험이나 체험이 담겨 있습니다. 반대로 그때 느꼈던 감정이나 생각은 소설에 반영하지 않았습니다.

질문 07

신작의 내용과 마찬가지로 제목이나 영문 제목도 무척 궁금합니다. 『이제 와서

* 일본어로 'ajidesho'라고 표기하며 agitation(동요)과 발음이 비슷하다.

날개라 해도』의 영어 제목은 정하셨나요? — **코이짱 님**

대답

영문 제목은 문고로 만들 때 디자인 요소로 답니다. 지금 단계에서는 'Last seen bearing'으로 생각하고 있습니다.

질문 08

미스터리즈! 신인상 심사위원이신 요네자와 선생님께 묻습니다. 소설을 심사할 때 어떤 점을 중시하시나요? — **툰 님**

대답

우선 그릇된 내용이 없는지 봅니다. 실존 인물이나 역사에 경의를 표하지 않거나, 독자를 기만하거나 우습게 여기지 않는지 살펴봅니다. 이건 소설의 완성도만 보면 의외로 놓치기 쉬운 부분인데, 신인상을 수상한다는 건 과거의 수상자와 나란히 선다는 것을 세상에 공표하는 일이며, 그 상의 성격을 명확히 드러내는 일이자 이 사람은 프로듀스할 가치가 있다고 출판사에 알리는 일이므로 지나치게 이상한 작품은 경계합니다.
물론 소설이 뛰어나면 그런 모든 경계를 벗어던지고 위험하다는 걸 알면서도 추천하게 됩니다. 모든 게 이상하다, 사회성이 결여되어 있다는 의미로 문제아다, 언젠가 입이 화근이 될 게 뻔하다, 하지만 압도적인 힘이 있다는 것도 인정할 수밖에 없다……. 그런 소설에 굴복하는 것도 역시 신인상의 묘미죠. 예전에 본선 심사로 읽었을 때 그런 소설을 만난 적이 있었습니다.

질문 09

호타로는 최근 단편에서 요리를 자주 하던데, 호타로가 제일 잘하는 요리는 무엇인가요? — **m nico 님**

대답

잘하는 요리라고 할 만한 게 없습니다. 어쨌거나 손이 가는 일은 하지 않을 테니 메뉴는 볶음 요리가 많을 것 같네요.

질문 10

오레키의 이름 유래를 알려주세요! — **우카 님**

대답

오레키 호타로의 인물상은 완성되어 있었어요. 이름을 어떻게 지을지 고민하면서 거리를 걷다가 신사 경내 간판에서 '공봉供奉'이라는 글자를 발견했지요. 그게 왠지 인상적이라 '도모에供恵', '호타로奉太郎' 남매가 되었습니다.

질문 11

요네자와 선생님은 '고전부' 시리즈에서 기본적으로 오레키 시선으로 이야기를 쓰고 계신데 『쿠드랴프카의 차례』 때처럼 부원 네 사람 각자의 시선으로 표현할 때는 오레키는 스페이드, 사토시는 클로버, 지탄다는 하트, 마야카는 다이아몬드, 이렇게 표시해 구분하셨죠. 이건 요네자와 선생님이 이야기의 인물에 대한 이미지로 붙였다고 생각하는데, 요네자와 선생님은 이 트럼프의 네 가지 마크에 각각 어떤 이미지를 갖고 계신가요? — **W 치즈바비 님**

대답

스페이드는 그야말로 비장의 카드입니다. 평소에는 최강의 마크고, 스페이드 에이스만 특별한 그림으로 그려지기도 하죠.
클로버는 몽둥이가 유래인 만큼 예리하지는 않지만 다양한 용도로 쓸 수 있다는 범용성이 느껴집니다.
하트는 성직자를 연상시키는 마크니 현실보다 이상, 타협보다 기도라는 이미지가 있습니다.
다이아몬드는 세상이 떠올라요. 힘든 일도, 지저분한 일도, 삶의 환희도 그 안에 있다는 느낌입니다.

질문 12

작품을, 특히 심리묘사를 쓸 때 주의하는 점은 무엇인가요? — **파게시 님**

대답

소설의 사정 때문에 등장인물을 너무 휘두르지 않으려 합니다. 설사 이렇게 느껴줘야 소설이 성립되는 경우에도 그들이 그렇게 느낄 리 없다면 소설 쪽에서 고민해서 문제를 회피해야지, 등장인물의 마음은 되도록 굽히지 않으려고 노력합니다.

질문 13

선생님은 만약 작가가 되지 않았다면 어떤 일을 하셨을 것 같아요? — **mtrgt 님**

대답

으음, 시나리오 라이터나 각본가, 공무원 아닐까요?

질문 14

호타로는 에루를 좋아하나요? 좋아하죠? — **가-짱 님**

대답

글쎄, 어떨까요……?

질문 15

'고전부' 시리즈에서는 미스터리에서 흔히 볼 수 있는 홈스-왓슨 형식이 아니라 복수 탐정 방식(『흑거미 클럽』이나 『독 초콜릿 사건』과 같은)을 취하는 경향이 있는 것 같은데, 뭔가 의도나 취향이 있는 건가요? — **피클린산 님**

대답

오레키가 혼자 수수께끼에 맞설 수 있는 명탐정이 아니기 때문입니다. 그의 지식이나 직감에는 한계가 있어, 해결에 이르려면 누군가의(대부분의 경우 고전부 다른 친구들의) 도움이 필요하고, 무엇보다 호타로는 직업적인 동기로 수수께끼를 푸는 게 아니기 때문에 타인과의 관계성 속에서 '내가 풀어야 하는 이유'를 그때마다 찾아야 하거든요.

질문 16

책장 정리 순서나 책 관리 방법을 가르쳐주세요. 요네자와 선생님이 쓰신 작품은 작업실에 두시나요? — **어린양 님**

대답

문고와 신서판, 단행본으로 크게 나눠서 각각 NDC 십진분류법에 (대충) 맞춰 꽂아둡니다. 제가 쓴 책은 작업실에 둡니다. ……이렇게 제 작품에 대해 언급하는 문장을 쓸 때 참고로 쓸 기회가 많아서.

질문 17

문화제에서 글로벌 액트 클럽이라는 동아리가 있었던 것 같은데*, 주로 뭘 하는 동아리인가요? — **무민 님**

대답

번역하면 '국제 활동부'이므로 국제 문제에 관심이 있는 학생들이 모인 동아리

* 『쿠드랴프카의 차례』에 등장.

일 것 같습니다. 모금 활동도 하고 있을지 모르고, 해외에 자매학교가 있으면 교류 활동도 할지 몰라요.

질문 18

'고전부' 시리즈에서는 와이더닛 요소가 생략된 것 같습니다. 한편으로 호타로가 '어째서 그 수수께끼를 푸는가'라는 점에 중점을 두는 것 같아요. 사건이 발생한 이유가 아니라 사건을 푸는 이유를 찾는 게 이 시리즈의 핵심이랄까, 수수께끼처럼 느껴지는데 잘못 이해한 걸까요? — **베베Jr 님**

대답

저는 둘 다 중시하고 있습니다. "범인은 어째서 수수께끼에 수수께끼성을 부여했는가", "어째서 오레키 호타로가 그것을 풀어야만 하는가", 두 가지가 다 있기 때문에 미스터리 소설의 풍요로움에 손이 닿는 게 아닐까요? 반대로 「상자 속의 결락」처럼 동기를 완전히 무시한 하우더닛을 쓸 때도 있지만 이건 어느 쪽인가 하면 드문 경우입니다. 동기를 무시한 하우더닛에는 한 사람의 미스터리 애호가로서 구미가 당기지만 이건 가끔 해야 좋은 거라고 생각하거든요.

질문 19

무대가 기후 현인데, 고전부 멤버를 비롯한 등장인물 중에는 사투리를 쓰는 사람이 없네요. 요네자와 선생님의 경우, 모두 표준어로 대화하는 이미지를 갖고 계신가요? 아니면 이미지 속에서 지방 사투리로 말하는 대화를 고치고 있는 건가요? — **오레키의 이모 님**

대답

먼저 소설의 무대는 어디까지나 가공의 '가미야마 시'로, 기후 현에 있다고 명기한 적은 없으므로 기후 사투리를 쓸 이유가 없었습니다. 두 번째로 저도 학창 시절 친구들도 사투리는 거의 쓰지 않았기 때문에 이른바 '표준어'로 쓰는 걸 부자연스럽다고 느끼지 못했습니다(억양은 다소 특색이 있지만……). 표준어로 이야기하는 이미지라고 대답해야겠네요.

그래도 'B지(B1용지)', '방과(수업 종료)', '차교(자동차 학원)'와 같이 도카이 지방 방언이 들어가고 말 때는 있습니다.

질문 20

지탄다는 말씨가 고운데, 집에서 아버지나 가족들을 어떻게 부르나요? 아버

지? 아니면 아버님? — **분홍 새우 님**

대답

지탄다는 말씨가 곱지만, 격식 있는 말은 별로 쓰지 않습니다. 가령 기본적으로 평소에 '말하다'를 '말씀드리다'라고 하지는 않아요. 이런 점에 비춰보면 '아버지' 정도가 타당할 것 같네요.

질문 21

한 권의 책이 출판되기까지 도합 얼마 정도 되읽으십니까? — **리 님**

대답

『이제 와서 날개라 해도』로 예를 들면 탈고할 때 일단 한 번, 경우에 따라서는 가필 수정을 하면서 다시 한 번, 잡지용 원고 작업을 할 때 한두 번, 단행본용 원고 작업으로 두 번 내지 네 번 정도 봅니다.

질문 22

사와키구치 선배는 앞으로 나올 예정이 없을까요?

— **가미야마 고등학교 퀴즈 연구회 OB 님**

대답

수험생이라 바쁠 것 같지만 그래도 나올 것 같네요.

질문 23

'고전부' 시리즈를 비롯해 요네자와 선생님의 작품을 읽으면 곳곳에서 선생님의 굉장한 데이터베이스를 엿볼 수 있는데요, 지식의 축적을 위해 독서 말고 하시는 일은 있으신지요? — **가짜 풍류인 84호 님**

대답

이 일을 하다 보면 말도 안 되게 박식한 사람이 너무 많아서 제가 박식하다는 생각은 도저히 들지 않지만, 그래도 일단 마음가짐만이라도 대답하겠습니다.

어떤 일이든 자기 눈으로 보면 발견이 있는 법입니다. 한때 "사농공상이라는 표현은 에도시대에는 없었다"는 얘기가 돌았는데, 에도 도쿄박물관에서 "사농공상"이라고 적힌 풍속화를 보고 '사농공상'이라는 신분 제도가 없었던 거지 표현 자체는 틀림없이 퍼져 있었다는 걸 알았던 덕에 속지 않았습니다.

또 생각만 하고 배우지 않으면 현명한 판단이 어렵다는 말이 있는데, 발견을 곧이곧대로 받아들이지 않고 책이나 자료로 재검토하는 게 무엇보다 중요할니다. 그 '사농공상' 풍속화가 정말 에도시대에 그려진 건지, 애초에 '사농공상'이라는 말은 어디에서 나왔는지…… 그런 건 역시 책이 아니면 확인할 길이 없지요.

질문 24

요네자와 선생님이 좋아하는 음식은 뭔가요? — **오므라이스 님**

대답

전에 같은 질문을 받았을 때 반사적으로 대답한 게 '우엉과 동과'였어요. 이건 요리가 아니라 식재료네요…….

질문 25

호타로는 문집 《빙과》에 세키타니 씨의 실명이나 고등학교 시절의 이야기를 자세히 썼을까요? 아니면 가명으로 쓰거나 각색했을까요? — **요시다아 님**

대답

세키타니 준의 본명은 공개되어 있는 교내 자료에 적혀 있었으니 굳이 숨길 이유가 없습니다. 하지만 지탄다의 심정을 생각해서 당시 관계자(특히 세키타니 준의 동창생)가 읽을지도 모르는 점을 고려해 가명이나 이니셜로 썼을 것 같습니다. 역사를 쓰기에는 철저하지 못한 태도지만 오레키에게 그 정도 책임과 각오를 요구하는 건 가혹하겠지요.

질문 26

'일상의 수수께끼'는 어떻게 아이디어를 얻습니까? — **태엽새 님**

대답

'일상의 수수께끼'라고 하지만 이것도 미스터리의 일종입니다. 미스터리에 대한 이해랄까, 제 안에 축적된 미스터리 경험이 역시 가장 기본이 됩니다. 후더닛인지, 하우더닛인지, 밀실인지, 암호 미스터리인지, 도서 미스터리인지, 서술 트릭인지……. 그리고 또 한 가지는 당연한 일이지만 일상 속에서 안테나를 높게 뻗는 일입니다. 한 시간만 산책하면 실제로 소설이 될지 말지는 차치하고 신기한 일을 서너 가지는 발견하게 되거든요.

질문 27

호타로는 겨울이 되면 하얀 트렌치코트를 입는데요. 고등학생이 하얀 트렌치

코트를 입고 학교에 가다니 상당히 드문 일 같은데 소지품으로 그런 옷을 설정한 이유가 있을까요? — **고유키 님**

대답

흰색은 오레키의 어휘력에 한계가 있어서 그런 거지, 실제로는 조금 노란빛이 도는 오프화이트 아니면 옅은 베이지색 정도라고 생각하고 있습니다. 그 정도라면 뭐, 밤에 돌아다녀도 눈에 띄어서 교통안전에 도움이 될 것 같아서요. 제가 그런 걸 입고 다녀서 오레키에게도 입혔을 뿐, 딱히 깊은 뜻은 없습니다.

질문 28

한마디로 '고전부' 시리즈는 요네자와 선생님이 보내고 싶었던 청춘 시절인가요? — **노포크 가구라 님**

대답

아닙니다. 저는 동아리 활동으로 전국 대회에 나가고 싶었습니다.

질문 29

요네자와 선생님은 소설을 쓸 때 얼마나 리얼리티를 의식하고 쓰시나요? 픽션이니까 괜찮다고 생각하시는지, 소설이기에 더욱 리얼하게 써야 한다고 생각하시는지, 가르쳐주세요. — **yuki 유 님**

대답

리얼을 추구하면 매일 딱히 아무것도 일어나지 않는다는 사실이나, 뭔가 사건이 벌어져도 당사자가 아니라는 사실이 현실이 되어버립니다. 현실을 그대로 보고 싶으면 현실을 보면 되지, 굳이 소설을 읽을 필요는 없습니다. 그래서 리얼을 추구하지는 않지만 허구를 능숙하게 그리기 위해 리얼리티는 필요합니다. 현실은 리얼리티를 무시해도 '설정이 억지스럽다', '자의적이다'라는 말을 듣지 않으니 부러울 따름입니다.

질문 30

'고전부' 시리즈는 완결까지 써주실 거죠? — **가짱 님**

대답

네, 그럴 작정입니다.

당신의 책장을 보여주세요!

고전부 멤버 네 사람의 책장 대공개

"책장을 보면 그 사람을 알 수 있다."
그런 이유로 오레키, 지탄다, 후쿠베, 이바라, 고전부 멤버 네 사람의
책장 일부(30권)를 요네자와 선생님이 알려주셨습니다.
뜻밖의 일면이 보일지도? 물론 북 가이드로도 활용 가능!

서지 정보 및 도서 사진은 선출된 작품이 표제작인 도서,
2017년 일본에서 구입 가능한 도서를 우선 게재했습니다.

한국어판 서적이 출간되어 있는 도서의 경우 ◈를 붙여 표기했으며,
가능한 한 표지 이미지도 한국어판으로 게재했습니다.

自由からの逃走
エーリッヒ・フロム
人魚變生
山田章博
高い砦
デズモンド・バグリイ
女王陛下のユリシーズ号
アリステア・マクリーン
華氏451度
レイ・ブラッドベリ
七胴落とし
神林長平
木曜の男
G・K・チェスタトン
大誘拐
天藤真
渚にて
ネヴィル・シュート
坂口安吾
堕落論
篠田節子
夏の災厄
ポケットに名言を
寺山修司
無頼船
西村寿行
産霊山秘録
半村良
八甲田山死の彷徨
新田次郎
五瓣の椿
山本周五郎
破獄
吉村昭
夜間飛行
サン＝テグジュペリ
西部戦線異状なし
レマルク
ラスプーチンが来た
風雲将棋谷
角田喜久雄
ご冗談でしょう、ファインマンさん
とんでもねえ野郎
杉浦日向子
無門関
萩原朔太郎詩集
国語入試問題必勝法
清水義範
生産の技術
梅棹忠夫
認識の歩み
内田義彦
クローディアの秘密
カニグズバーグ
飛ぶ教室
ケストナー
オズの魔法使い
フランク・ボーム
モモ
ミヒャエル・エンデ
春にして君を離れ
アガサ・クリスティー
夏への扉
ロバート・A・ハインライン
最後のユニコーン
ピーター・S・ビーグル
肩胛骨は翼のなごり
デイヴィッド・アーモンド
九年目の魔法
ダイアナ・ウィン・ジョーンズ
不在の騎士
I・カルヴィーノ
兎の眼
灰谷健次郎
遠野物語
柳田国男
歌よみに与ふる書
正岡子規
春昼・春昼後刻
泉鏡花
柿の種
寺田寅彦
ディキンソン詩集
亀井俊介
十二支考
南方熊楠
一千一秒物語
稲垣足穂
海潮音
上田敏
小川未明童話集
小川未明
清兵衛と瓢箪・網走まで
志賀直哉
西の魔女が死んだ
梨木香歩
フランケンシュタイン
M・シェリー
小林源文
ベルセルク
伊藤明弘
正統とは何か
G・K・チェスタトン
マーフィーの法則
アーサー・ブロック
霊柩車の誕生
井上章一
雑兵たちの戦場
藤木久志
マックスウェルの悪魔
都筑卓司
茶の世界史
角山栄
〈子ども〉のための哲学
永井均
無限論の教室
野矢茂樹
FBI心理分析官
ロバート・K・レスラー
死体は語る
上野正彦
服従の心理
S・ミルグラム
中核VS革マル
立花隆
コミック昭和史
水木しげる
奇想の系譜
辻惟雄
名人に香車を引いた男
升田幸三
日本武術神妙記
中里介山
脳のなかの幽霊
名探偵WHO'S WHO
日影丈吉
ギリシア神話を知っていますか
阿刀田高
オーパ！
開高健
シャーロック・ホームズの冒険
コナン・ドイル
スローカーブを、もう一球
山際淳司
聖の青春
大崎善生
東一局五十二本場
阿佐田哲也
侏儒の言葉
吉祥天女
吉田秋生
11人いる！
萩尾望都
ワイルド7
望月三起也
バナナブレッドのプディング
大島弓子
諸星大二郎
孔子暗黒伝
Shingo
地球へ…
竹宮惠子
七色いんこ
手塚治虫
イティハーサ
水樹和佳子
寄生獣
岩明均
うしおととら
藤田和日郎
機動警察パトレイバー
ゆうきまさみ
少年は荒野をめざす
吉野朔実
動物のお医者さん
銀の三角
有閑倶楽部
一条ゆかり
こいつら100%伝説
岡田あーみん
ワン・ゼロ
佐々木淳子
砂の薔薇
新谷かおる
人魚の森
高橋留美子
天人唐草
山岸凉子
ゆめのかよいじ
大野安之
文車館来訪記
冬目景
絶対安全剃刀
高野文子
蟲師
漆原友紀
陰陽師
岡野玲子
夢枕獏

오레키 호타로의 책장 Oreki's Bookshelf

요네자와 선생님의 한마디 오레키는 미스터리를 별로 읽지 않는다고 적혀 있지만 동아리실에서는 자주 문고본을 펼치고 있습니다. 소설을 읽을 때가 많은 듯한데 학생다운 교양을 위해 대작이나 고전 명작에 도전한다기보다 그냥저냥 좋아하는 책을 읽는 거겠지요. 용돈 사정상 가지고 있는 건 문고본이 많을 듯하지만 누나가 물려준 책도 어느 정도는 있지 않을까 싶었습니다. 제 취미와는 조금 다른 책장으로 만들려고 했는데 그 '조금'이 어렵더군요.

1

2

3

4

5

6

7

파옥破獄 — 요시무라 아키라 지음(신초문고)[1]

야마다 후타로 메이지 소설 전집(11) 라스푸틴이 왔다 — 야마다 후타로 지음(지쿠마문고)

무스비노야마 비록 — 한무라 료 지음(가도카와문고)

다섯 꽃잎 동백 — 야마모토 슈고로 지음(신초문고)[2]

핫코다 산 죽음의 방황 — 닛타 지로 지음(신초문고)

여름의 재액 — 시노다 세쓰코 지음(가도카와문고)[3]

무뢰선 — 니시무라 주코 지음(가도카와문고)

나나쓰도오토시 — 간바야시 초헤이 지음(하야카와문고)

◈ **자유로부터의 도피** — 에리히 프롬 지음(도쿄소겐샤)

◈ **덴도 신 추리소설전집 9 대유괴** — 덴도 신 지음(소겐추리문고)[4]

풍운장기곡 — 쓰노다 기쿠오 지음(슌요문고)

국어입시문제 필승법 — 시미즈 요시노리 지음(고단샤문고)

◈ **안데스의 음모** — 데즈먼드 배글리 지음(하야카와문고)

◈ **백치·타락론 외** — 사카구치 안고 지음(가도카와문고)

비검 우마노호네 — 후지사와 슈헤이 지음(분슌문고)

◈ **목요일이었던 남자** — G.K. 체스터턴 지음(소겐추리문고)[5]

◈ **화씨 451** — 레이 브래드버리 지음(하야카와문고)

◈ **해변에서** — 네빌 슈트 지음(소겐SF문고)

◈ **서부전선 이상없다** — 에리히 마리아 레마르크 지음(신초문고)

인어변생 — 야마다 아키히로 지음(버즈코믹스페셜)

Spirit of Wonder — 쓰루타 겐지 지음(KC디럭스모닝)

◈ **파인만 씨, 농담도 잘하시네!** — R.P. 파인만 지음(이와나미현대문고)

황당한 녀석 — 스기우라 히나코 지음(지쿠마문고)

불사佛師 — 시모무라 후미 지음(고이케서원)

◈ **야간비행** — 앙투안 드 생텍쥐페리 지음(신초문고)[6]

무문관 — 니시무라 에신 지음(이와나미문고)

◈ **여왕폐하 율리시즈호** — 앨리스터 맥클린 지음(하야카와문고)[7]

주머니에 명언을 — 데라야마 슈지 지음(가도카와문고)

하기와라 사쿠타로 시집 — 하기와라 사쿠타로 지음(이와나미문고)

교통사 — 후타쓰기 유사쿠 지음(이와나미신서)

지탄다 에루의 책장 Chitanda's Bookshelf

요네자와 선생님의 한마디 항상 책을 읽는 느낌은 아니지만 장편이나 어려운 번역서도 힘들지 않게 읽겠죠. 반대로 가령 문학 전집이나 고전 전집 같은 책은 지탄다 본인이 아니라 집 서가에 있을 것 같아요. 그걸 바탕으로 자기 책장에 따로 넣어두고 싶은 책은 지탄다에게 소중한 책이거나, 혹은 자신을 둘러싼 환경을 이해하기 위한 책일 거라 생각했습니다.

1

2

3

4

5

6

7

◈ **대역 디킨슨 시집-미국 시인선(3)** — 에밀리 디킨슨 지음(이와나미문고)

◈ **풀잎** — 월트 휘트먼 지음 (미스즈쇼보)

해조음 — 우에다 빈 지음 (신초문고)

◈ **봄과 아수라** — 미야자와 겐지 지음 (일본도서센터)

◈ **클로디아의 비밀** — E.L. 코닉스버그 지음(이와나미소년문고)[1]

견갑골은 날개의 흔적 — 데이비드 알몬드 지음 (소겐추리문고)

◈ **무민의 겨울** — 토베 얀손 지음 (고단샤문고)[2]

9년 차 마법 — 다이애나 윈 존스 지음 (소겐추리문고)

◈ **하늘을 나는 교실** — 에리히 캐스트너 지음 (이와나미소년문고)

◈ **모모** — 미하엘 엔데 지음 (이와나미소년문고)

◈ **라스트 유니콘** — 피터 S. 비글 지음 (하야카와문고)

◈ **프랑켄슈타인** — 메리 셸리 지음 (신초문고)

◈ **존재하지 않는 기사** — I. 칼비노 지음 (하쿠스이U북스)

◈ **여름으로 가는 문** — 로버트 A. 하인라인 지음 (하야카와문고)[3]

◈ **봄에 나는 없었다** — 애거사 크리스티 지음(하야카와문고)

◈ **오즈의 마법사** — 프랭크 바움 지음(이와나미소년문고)

◈ **오가와 미메이 동화집-붉은 초와 인어** — 오가와 미메이 지음 (신초문고)[4]

◈ **서쪽 마녀가 죽었다** — 나시키 가호 지음 (신초문고)

세이베와 조롱박, 아바시리까지 — 시가 나오야 지음 (신초문고)

봄의 한낮, 봄의 한낮-그후 — 이즈미 교카 지음 (이와나미문고)

◈ **나는 선생님이 좋아요** — 하이타니 겐지로 지음 (가도카와문고)

일천일초 이야기 — 이나가키 다루호 지음 (신초문고)[5]

◈ **신판 도노모노가타리** — 야나기타 구니오 지음 (가도카와소피아문고)[6]

십이지고 — 미나카타 구마구스 지음 (이와나미문고)

가인에게 보내는 서 — 마사오카 시키 지음 (이와나미문고)

◈ **지적 생산의 기술** — 우메사오 다다오 지음 (이와나미신서)

감씨 — 데라다 도라히코 지음 (이와나미문고)[7]

사회인식의 역사 — 우치다 요시히코 지음 (이와나미신서)

◈ **문장론** — 아르투어 쇼펜하우어 지음 (이와나미문고)

◈ **자유로부터의 도피** — 에리히 프롬 지음 (도쿄소겐샤)

후쿠베 사토시의 책장 Fukube's Bookshelf

요네자와 선생님의 한마디　만사에 관심이 많은 성격이라 쉽게 정할 수 있을 줄 알았는데, 생각 없이 책을 고르면 경박하기만 한 책장이 될 것 같아 비교적 신경을 썼습니다. 중고 서적으로도 싸게 살 수 있고 오래 읽혀온 책들 중에서 보다 깊은 취미나 교양의 세계로 이끌어주는 입문서 같은 책을 읽을 것 같다는 생각이 들자 비교적 매끄럽게 정할 수 있었습니다. 양서를 폭넓게 읽다 보면 언젠가 어느 방향으로 관심을 보일지 정할 날이 오지 않을까요?

1

2

3

4

5

6

7

◈ **베이커가의 셜록 홈즈** — 윌리엄 스튜어트 베어링 굴드 지음(가와데문고)

오파! — 가이코 다케시(글)·다카하시 노보루(사진) 지음(슈에이샤문고)

◈ **라마찬드란 박사의 두뇌 실험실** — W.S. 라마찬드란, 샌드라 블레이크스리 지음(가도카와문고)

기발한 발상의 계보 — 쓰지 노부오 지음(지쿠마학예문고)[1]

◈ **무한론 교실** — 노야 시게키 지음(고단샤현대신서)

신판 잡졸들의 전쟁터 — 후지키 히사시 지음(아사히선서)

그리스 신화를 아십니까? — 아토다 다카시 지음(신초문고)

차의 세계사 — 쓰노야마 사카에 지음(중앙공론신서)

◈ **살인자들과의 인터뷰** — 로버트 K. 레슬러, 톰 샤흐트만 지음(하야카와문고)

슬로커브를 한 번 더 — 야마기와 준지 지음(가도카와문고)[2]

◈ **G.K. 체스터턴의 정통** — G.K. 체스터턴 지음(슌주샤)

아이들을 위한 철학 — 나가이 히토시 지음(고단샤현대신서)

◈ **맥스웰의 도깨비, 확률에서 물리학으로** — 쓰즈키 다쿠지 지음(블루북스)[3]

중핵파VS혁명적마르크스주의파 — 다치바나 다카시 지음(고단샤문고)

◈ **시체는 말한다** — 우에노 마사히코 지음(분슌문고)

◈ **난쟁이 어릿광대의 말** — 아쿠타가와 류노스케 지음(분슌문고)

21세기판 머피의 법칙 — 아서 블로크 지음(아스키)[4]

명인에게 향차 없이 도전한 남자—마스다 고조 자전 — 마스다 고조 지음(중앙공론문고)

명탐정 WHO'S WHO — 히카게 조키치 지음(중앙공론문고)

일본무술신묘기 — 나카자토 가이잔 지음(가도카와소피아문고)

영구차의 탄생 신판 — 이노우에 쇼이치 지음(아사히선서)

사토시의 청춘 — 오사키 요시오 지음(가도카와문고)[5]

◈ **권위에 대한 복종** — 스탠리 밀그램 지음(가와데문고)[6]

신장판 선술초공각 오리온 — 시로 마사무네 지음(COMIC BORN)

◈ **셜록 홈스의 모험** — 코넌 도일 지음(가도카와문고)[7]

동1국 52본장 — 아사다 데쓰야 지음(가도카와문고)

사무라이 논그라타 — 야하기 도시히코, 다니구치 지로 지음(프리스타일)

벨☆스타 강도단 — 이토 아키히로 지음(선데이GX코믹스)

◈ **해피 타이거** — 고바야시 모토후미 지음(세계문화사)

코믹 쇼와 역사 — 미즈키 시게루 지음(고단샤문고)

이바라 마야카의 책장 Ibara's Bookshelf

요네자와 선생님의 한마디 처음에는 공부 목적의 책이나 소설도 넣었지만 검토하다 보니 작정하고 만화로만 채우기로 했습니다. 소녀 만화만 본다거나 고전 만화만 본다거나 하는 식으로 선택지를 좁히진 않을 것 같아, 고금의 작품을 가리지 않고 읽을 거라고 상정하고 책장을 만들었습니다. 만화는 권수가 금방 늘어나니 실제로는 상당히 큰 책장을 쓸 것 같아요.

1

2

3

4

5

6

7

◈ **유한클럽** — 이치조 유카리 지음 (슈에이샤문고)
◈ **11인이 있다! (신편집판)** — 하기오 모토 지음 (쇼가쿠칸문고)[1]
◈ **지구로** — 다케미야 게이코 지음 (주오코론문고)[2]
◈ **칠색 잉꼬** — 데즈카 오사무 지음 (아키타문고)
◈ **동물의사 닥터 스쿠르 (애장판)** — 사사키 노리코 지음 (하나토유메COMIC스페셜)[3]
후지코 F 후지오 (이색단편집) 미노타우로스의 그릇 — 후지코 F. 후지오 지음 (쇼가쿠칸문고)
와일드7 — 모치즈키 미키야 지음 (도쿠마코믹문고)
은의 로맨틱……와하하 — 가와하라 이즈미 지음 (하나토유메COMICS)
◈ **충사 애장판** — 우루시바라 유키 지음 (KC디럭스애프터눈)
◈ **요괴소년 호야** — 후지타 가즈히로 지음 (소년선데이코믹스)
◈ **음양사** — 오카노 레이코 지음 (제트코믹스)
사토 시오 컬렉션 원제로 (애장판) — 사토 시오 지음 (복간닷컴)[4]
나는 신고 — 우메즈 가즈오 지음(쇼가쿠칸문고)[5]
◈ **공자암흑전** — 모로호시 다이지로 지음 (슈에이샤문고)
바나나브레드 푸딩 — 오시마 유미코 지음 (하쿠센샤문고)[6]
◈ **인어의 숲** — 다카하시 루미코 지음 (소년선데이코믹스스페셜)
문차관 내방기 — 도메 게이 지음 (KC디럭스애프터눈)
돌꽃 — 사카구치 히사시 지음 (고단샤만화문고)
절대안전 면도칼 다카노 후미코 작품집 — 다카노 후미코 지음 (하쿠센샤)
이티하사 — 미즈키 와카코 지음 (하야카와코믹문고)
◈ **기동경찰 패트레이버** — 유키 마사미 지음 (쇼가쿠칸문고)
SOS 대도쿄탐험대-오토모 가쓰히로 단편집② — 오토모 가쓰히로 지음 (KC디럭스영매거진)
◈ **마법진 구루구루 신장판** — 에토 히로유키 지음 (간간코믹스ONLINE)
이 녀석들 100% 전설 — 오카다 아민 지음 (리본마스코트코믹스)
◈ **길상천녀** — 요시다 아키미 지음 (쇼가쿠칸문고)
꿈길 — 오노 야스유키 지음 (뉴타입100%코믹스)
야마기시 료코 스페셜 셀렉션V 천인당초 — 야마기시 료코 지음 (우시오출판사)
모래의 장미 데저트로즈 — 신타니 가오루 지음 (MF코믹스)
◈ **소년은 황야로 향한다** — 요시노 사쿠미 지음 (슈에이샤문고)[7]
◈ **기생수 (신장판)** — 이와아키 히토시 지음 (KC디럭스애프터눈)

저서
모든 저서의 단행본과 문고는 물론, 해외판이나 만화판, 코멘트와 해설을 집필한 작품도 여기에.
서고로 통하는 문
그 외에 방대한 장서는 옆쪽 서고에!
자료
사전, 도감, 연표 등의 자료.
단올림 다다미
방에 맞춰 특수 제작. 아래쪽은 수납공간이라 주로 중판 견본이 들어 있다. 때문에 다다미 위쪽은 되도록 어지르지 않으려고 조심한다나.

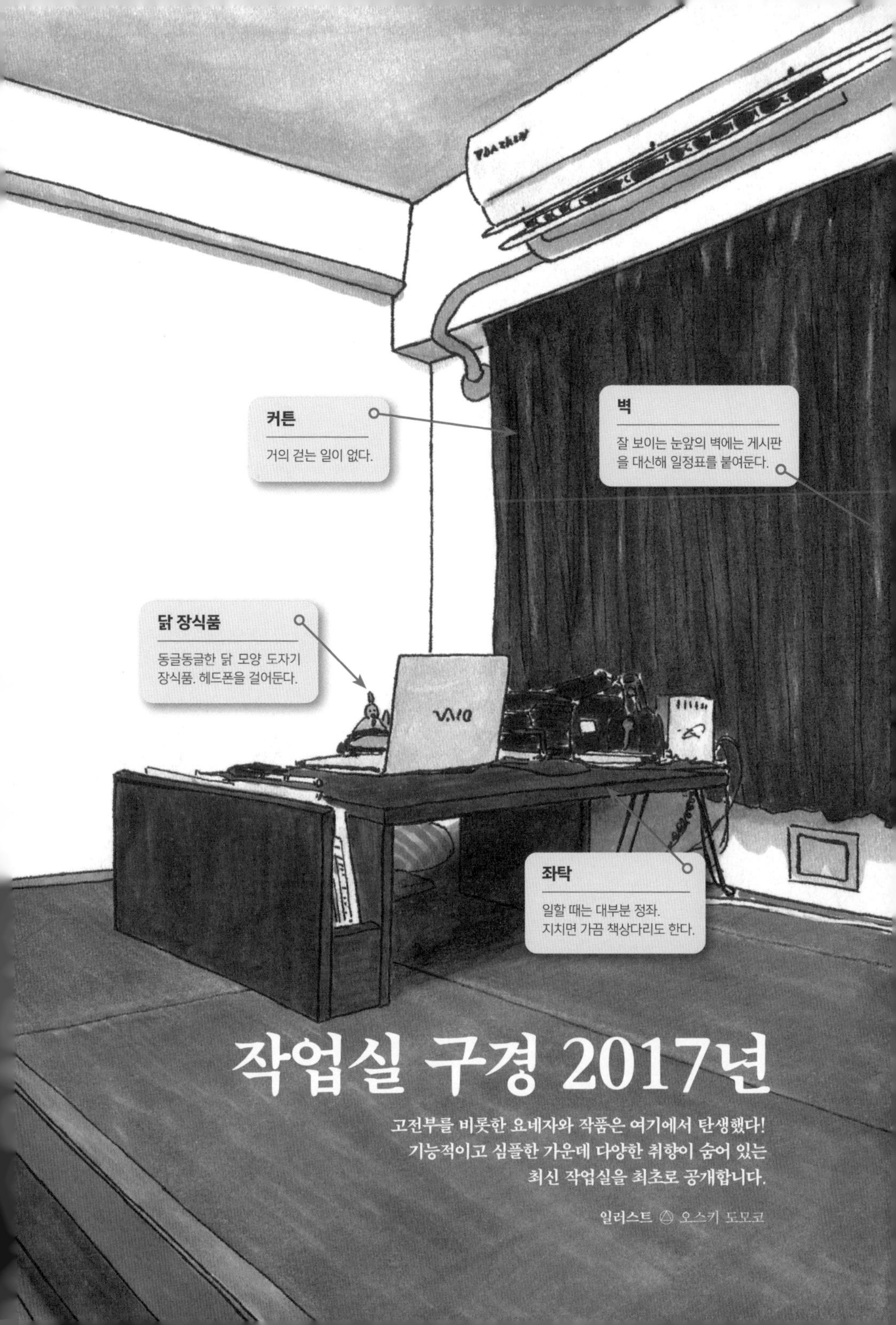

작업실 구경 2017년

고전부를 비롯한 요네자와 작품은 여기에서 탄생했다!
기능적이고 심플한 가운데 다양한 취향이 숨어 있는
최신 작업실을 최초로 공개합니다.

일러스트 ⓐ 오스키 도모코

『이제 와서 날개라 해도』 출간 밀착 리포트!

사진·글 ⊘ 가도카와 편집부

2016년 11월 30일,

대망의 '고전부' 시리즈 신작 『이제 와서 날개라 해도』 발행.

6년 만의 소식에 곳곳에서 열광적인 환영을 받은 신작.

흥겨웠던 발매 전후의 이면을 살짝 보여드립니다.

2016.11.24.(목)

사인본 만들기 @KADOKAWA 회의실

1

◀ 발매일 전에 요네자와 선생님이 이다바시에 있는
KADOKAWA 빌딩에 오셨습니다. 회의실에서 기다리고 있는 것은…….
산더미 같은『이제 와서 날개라 해도』!

1 이것만으로도 장관이지만 사실 이게 다가 아닙니다.
책상 위에 쌓지 못한 책들도 카트 위에서 대기중…….

1

수많은 테스트 흔적

2

◀ 모든 책에 요네자와 선생님의 사인을 받아 발매일 직전에 도착하도록 전국 서점에 발송합니다. 독자 여러분이 학수고대하고 있을 테니 빠르게 사인을 하기 시작합니다. **한 권, 한 권, 정성 들여 사인하는 요네자와 선생님.** 알아차린 분들도 많겠지만 **이름 획수가 많네요!**

1 **여기에 낙관을 찍어 완성.** 벼 모양이군요. 잉크 내장형, 찍기 편하게 만들어진 손잡이…… '편집자를 배려한' 낙관이라고 화제가 되기도. 사인회에서는 사인을 하는 작가 선생님 옆에서 편집자가 낙관을 찍는 경우가 많답니다.

2 유성매직 냄새와의 사투 속에서『이제 와서 날개라 해도』산더미가 점점 깎여나가는데…… 간식과 함께 휴식도 취해가며 약 **5시간의 사인 작업 완료.** 정말 수고 많으셨습니다!

2016.12.3.(토)

사인회 @기노쿠니야 서점 신주쿠 본점

1

2

◀ 사인회 시작. 커다란 박수가 요네자와 선생님을 맞이합니다.
회장은 요네자와 선생님의 등장과 신작을 학수고대한 **독자 여러분의 열기에 싸여 있었습니다.**
12월인데 덥다, 더워!

1 마침내 사인회 당일. 신주쿠에 햇살이 쏟아지는 맑은 날이었습니다.
대기실의 요네자와 선생님도 **준비 완료.**
넥타이를 자세히 보면…… 고양이가 잔뜩!
사인회에 오신 여러분, 눈치채셨나요? 언뜻 봤지만 꼬리 아홉 고양이는 아니네요.

2 그리고 이날, 하나의 쾌거를 달성했습니다……. **사인회 정원 120명, 100% 출석!**
요네자와 선생님도, 그 자리에 있던 서점 직원들도,
편집자 일동도 처음 경험하는 일이었습니다.
독자 여러분, 고맙습니다!

2016.12.4.(일)

사인회 @준쿠도 서점 이케부쿠로 본점

1

빠삐야솟(스프링롤)

2

◀ 이튿날도 도쿄에서 사인회.
요네자와 선생님의 이날 복장은…… **"오늘 복장은 요네자와 '퍼블릭 스쿨을 나와야만 소설을 쓸 수 있다고 말하는 사람은 멍청이지만 퍼블릭 스쿨을 나온 녀석은 소설을 쓰지 못한다는 것도 난센스라는 게 내 생각이야' 호노부라는 느낌이었습니다(아마도)."** (요네자와 선생님 트위터에서) 그, 그렇군요…….

그리고 오늘의 넥타이는…….
하트가 숨어 있습니다. 깜찍하군요!
사인회는 훈훈하게 진행되었습니다.
모두들 저마다의 감상을 말씀해주셨는데 "말로는 다 할 수 없다"고 편지를 준비하신 분들도 많았습니다. 독자 여러분, 고맙습니다!

1 하지만 편집부는 아직 요네자와 선생님을 보내드리지 않습니다…….
산세이도 서점 이케부쿠로 본점, 산세이도 서점 진보초 본점으로 이동해 또 사인본과 자필 POP, 사인지를 만들어주셨습니다.

2 그후 도쿄 사인회 종료 기념 **미니 회식을 위해 태국 요리점으로.**
화제는 주로 이 책에 수록된 **'고전부 멤버 네 사람의 책장' 선별**에 대해.
요네자와 선생님이 고민한 프로토 타입을 보고 편집자 일동이 "이 작품도 넣어주세요!", "그 작품도 들어 있을 것 같아요!"라고 열을 올리면 요네자와 선생님이 "그렇다면 그 작품이……" 하고 새로운 문을 열어주신, 책 이야기로 꽃을 피운 밤이었습니다.

2016.12.10.(토)

사인회 @기노쿠니야 서점 그랑프론트 오사카점

1

2

3

◀ 마지막 사인회는 오사카입니다.
회장 벽에는 손수 만든 장식이 붙어 있었습니다.
오른쪽에 붙어 있는 소품들도 전부 『이제 와서 날개라 해도』 수록 작품과 연관이 있는 것들이네요. 세심한 정성……!

1 간사이 전역에서 모여든 참가자 가운데에는 아이치에서 오셨다는 분도.
요네자와 선생님은 사인을 하면서 그때그때 똑바로 독자분의 눈을 바라보며 대화를 나누셨습니다.
사인회는 약 2시간 반으로 종료. 여러분, 고맙습니다.

2 **……역시나 아직 끝나지 않습니다.**
기노쿠니야 서점 우메다 본점, 준쿠도 서점 오사카 본점 두 곳으로 이동해 『이제 와서 날개라 해도』 이외의 작품에도 사인을 해주셨습니다.

3 **저녁 식사는 '간사이 전골'.**
하지만 여기서 한 가지 사건이 발생. 사람 수만큼 있던 무가 하나 부족합니다.
요네자와 선생님의 추리가 번득……이기 전에 편집장이 두 개 먹었다고 자백했습니다.

"당신은 무엇으로 당신의 존재를
정당하다고 생각합니까?"

— 아이작 아시모프 『흑거미 클럽』

요네자와 호노부는 이렇게 만들어졌다!

작가 요네자와 호노부는 어떻게 탄생했는가?

곳곳에 흩어져 있는 뿌리의 힌트를 놓치지 마세요.

요네자와 호노부의 마인스톤 —《소설 야성시대》
△ 2013년 11월 호 게재

강연록「이야기의 원천」—《문예 가도카와》
△ 2016년 4월 호 게재

요네자와 호노부는 이렇게 만들어졌다!

요네자와 호노부의 마일스톤

Yonezawa Honobu Milestone

구성 ◎ 다키이 아사요

유소년 시절부터 창작을 자연히 접하며,
이야기를 만들어냈던 요네자와 호노부 선생님.
보기 드문 이 스토리텔러가 어떻게 자랐고,
만들어졌는지 본인에게 물어보았습니다.

초등학교 시절

◎ **1988년(10세)**

초등학교 4학년 때까지 여동생이 좀처럼 잠을 못 이뤄서 밤에 동화를 지어서 들려주었다. 대초원을 여행하며 거인이나 풍차가 나오는 이야기였던 것으로 기억. 아마도 거인은 『잭과 콩나무』, 풍차는 『돈키호테』의 영향이었던 것 같다.

◎ **1989년(11세)**

아동용 도서를 많이 읽었다. 학급문고에 있던 H.G. 웰스의 『우주 전쟁』을 읽다가 선더 차일드호가 최후를 맞이하는 게 슬퍼서 직접 "사실 선더 차일드호는 무사했고……"라는 속편을 썼다. 그게 처음으로 쓴 이야기였다.

『우주 전쟁』 외에 『15소년 표류기』, 『80일간의 세계일주』, 『삼국지』, 『서유기』 등을 애독. 완전히 이해하지는 못했지만 사촌형 집에서 읽은 에드거 앨런 포의 아동용 단편집이 기억에 남았다.

중 · 고등학교 시절

◎ **1992년(14세)**

서점에서 보고 별생각 없이 구입한 아야쓰지 유키토 『십각관의 살인』을 읽고 '소설에는 이런 재미가 있었구나' 하고 충격을 받아 '관' 시리즈를 읽기 시작했다. 노벨스판 다쓰미 시로 씨의 장정을 좋아해서 다 모으려고 했던 기억이 난다.
중학생 때는 『왜 에번스를 부르지 않았지?』, 『끝없는 이야기』나 『앨저

1

2

3

4

1

우주 전쟁

H.G. 웰스 지음, 손현숙 옮김, 푸른숲주니어 펴냄

화성인의 지구 침략을 그린 고전 SF. 외계인을 피해 어두운 구덩이 속에 숨는 장면은 어렸을 때부터 '생매장'을 두려워했던 요네자와 선생님에게 트라우마가 되었다.

2

십각관의 살인

아야쓰지 유키토 지음, 양억관 옮김
한스미디어 펴냄

외딴 무인도에 지어진 십각형 저택에 머무는 추리소설연구회 학생들이 한 사람씩 살해당한다……. 저자의 데뷔작이자 신본격 붐의 시초가 된 명작.

3

왜 에번스를 부르지 않았지?

애거사 크리스티 지음, 박인용 옮김
황금가지 펴냄

추락사한 남자의 마지막 말이 의미하는 바는? 에번스의 풀네임은 에번스 클라비스. 『바보의 엔드 크레디트』에 등장한 에바 구라코의 이름은 여기서 유래.

4

롱 워크

스티븐 킹 지음, 송경아 옮김, 황금가지 펴냄

일정한 속도로 계속 걸어야 하지만 한 시간에 세 번 속도가 떨어지면 사살당하는 공포의 경기를 그린 작품. 너무 무서워서 집에 가져오기 싫었다고.

넌에게 꽃다발을』, 고등학생 때는 스티븐 킹의『롱 워크』등을 읽었다. 그때까지는 미스터리라는 장르는 의식하지 않았다.

TRPG*가 유행해, 그 시나리오 제작을 좋아했다. 중학교 2, 3학년 때부터 경찰 액션물을 쓰기 시작했다. 경관이 된 전직 군인이 테러 주모자가 된 과거의 전우와 대치하는 이야기. 드라마 〈에어울프〉, 〈전격 Z작전〉, 모치즈키 미키야의 만화『와일드7』등의 영향일까. 고등학교 3학년 때 완성. 막연히 훗날 작가가 되지 못해도 이야기는 계속 쓸 거라고 생각했다.

대학 시절

◎ **1996년(18세)**

인터넷을 시작하면서 창작한 짧은 이야기들을 개인 홈페이지에 업로드. 인터넷상에서 동호인들이 모여 정보 교환을 하면서 미스터리에 대한 지식을 넓혀갔다. 대학교 1, 2학년 때는 청춘소설도 썼다.

◎ **1997년(19세)**

'소설 왕국' 시리즈 앤솔러지『가공의 마을』이 대단히 인상적이었다. 가노 도모코, 구라치 준, 와카타케 나나미 등 '일상 미스터리' 계열 작가들을 알게 되었다. 그 창시자가 기타무라 가오루라는 사실을 알고『하늘을 나는 말』을 읽고 충격을 받는다.

* Table-talk Roll Playing Game: 컴퓨터를 사용하지 않고 종이나 주사위를 이용한 대화형 테이블 게임.

◎ **1998년(20세)**

대학교 3학년 때부터 미스터리를 쓰기 시작. 장르는 '일상 미스터리'. 1인칭 문체는 히구치 유스케의 영향일까. 『나와 우리의 여름』, 『바람소녀』, 『여름의 립스틱』 등을 읽었다. 아와사카 쓰마오, 렌조 미키히코, 쓰지 마사키, 덴도 신에 심취했던 것도 이 무렵.

◎ **1999년(21세)**

졸업논문과 병행해 『빙과』 프로토 타입을 쓰고 있었다. 당초에는 다른 상에 응모할 생각이었지만 프린터 토너 부족으로 인쇄를 못 해 때를 맞추지 못하고 2주 뒤 마감이었던 가도카와 학원소설대상 영 미스터리&호러 부문에 응모.

기후 시절

◎ **2000년(22세)~2003년(25세)**

대학 졸업 후, 서점에서 일하며 꾸준히 투고하려 하던 차에 2000년에 『빙과』 수상 소식을 받는다. 2001년 10월에 『빙과』 출간으로 데뷔. 다음 작품 『바보의 엔드 크레디트』는 일을 하면서 집필, 2002년 7월에 출간되었다. 그후 장래를 고려해 공무원 시험공부를 한 적도 있었지만 여러 출판사에서 집필 의뢰가 들어와 작가로 계속해나갈 수 있을지도 모른다고 생각했다. 결과적으로 서점에서 근무했던 기간은 2년.

5

6

7

8

5

가공의 마을

체스터턴 외 지음 (고쿠쇼칸코카이)

테마별 앤솔러지 '소설 왕국' 시리즈 제1권. 사이조 야소가 번역한 던세니 「런던 이야기」 외에 앙리 미쇼, 에드거 앨런 포, 러브크래프트 및 이나가키 다루호 등의 단편을 수록.

6

하늘을 나는 말

기타무라 가오루 지음, 정경진 옮김
한스미디어 펴냄

'나'라는 대학생 주인공이 만나는 일상의 수수께끼를 라쿠고 예능인 오테이 엔시가 명쾌하게 해결해가는 인기 시리즈 제1탄. 네 번째 장편 『로쿠노미야 공주』에도 감명을 받았다고 한다.

7

나와 우리의 여름

히구치 유스케 지음, 이기웅 옮김, 시작 펴냄

고등학교 2학년 소년이 친구와 함께 동급생 소녀의 죽음을 둘러싼 진상을 밝히려 하는 청춘 미스터리. 산토리 미스터리 대상 독자상을 수상한 작가의 데뷔작.

8

안녕 요정

요네자와 호노부 지음, 권영주 옮김
엘릭시르 펴냄

지방도시에 사는 네 명의 고등학생과 유고슬라비아에서 온 소녀의 교류를 그렸다. '고전부' 시리즈의 한 작품으로 쓰기 시작했지만 전면 개정해 단행본으로 출간했다.

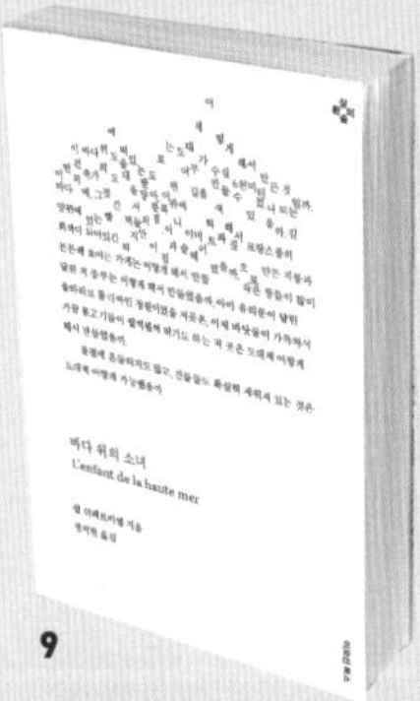

9

10

11

12

9

바다 위의 소녀

쥘 쉬페르비엘 지음, 정지현 옮김
이모션북스 펴냄

1884년 우루과이에서 태어난 프랑스인 시인의 단편집. 판타지나 SF 요소가 느껴지는 작품. 요네자와 선생님은 지인의 권유로 구입했다고 한다.

10

인사이트 밀

요네자와 호노부 지음, 최고은 옮김, 엘릭시르 펴냄

파격적인 아르바이트 보수에 끌려 24시간 감시 체제의 기묘한 저택에 모인 남녀가 살인 게임을 강요당한다. 본격 미스터리에 마음껏 '푹 빠져보는(인시테미루)' 재미에 도전한 작품.

11

야마다 후타로 미스터리 걸작선

야마다 후타로 지음 (고분샤문고)

전 10권짜리 미스터리 작품집. 『본격편』, 『명탐정편』등으로 나뉜다. 제4권 『관 속의 열락 〈비통편〉』에 수록된 「신 가구야 공주」는 "묘사가 대단했다"는 작품.

12

덧없는 양들의 축연

요네자와 호노부 지음, 최고은 옮김, 북홀릭 펴냄

고전적인 분위기의 다섯 편을 수록. 전부 마지막 한 줄에서 작품의 세계관을 뒤흔든다. '바벨의 모임'이라 불리는 독서 클럽이 각 이야기의 희미한 연결 고리가 된다.

도쿄 시절

◎ **2004년(26세)**

2월에 『안녕 요정』을 출간. 졸업논문 테마가 유고슬라비아였기 때문에 그것을 어떤 형태로든 소설에 담고 싶었다. 중쇄 때 『안녕 요정』 담당자로부터 "『빙과』 독자에 맞춘 작품을" 써달라는 의뢰를 받아 『봄철 한정 딸기 타르트 사건』을 집필, 12월에 출간. '고전부' 시리즈의 발단이 기타무라 가오루와 히구치 유스케라면, '소시민' 시리즈는 앤서니 버클리. 모범적인 탐정소설의 구조를 따르지 않고 다른 각도에서 익살스럽게 써보려고 했다. 이 무렵에 도쿄로 이사.

◎ **2005년(27세)**

6월, 『쿠드랴프카의 차례』를 출간. 7월에 출간한 『개는 어디에』는 민중사와 미스터리의 융합을 시도했다. 제목이 익살스러워 문고로 만들 때는 'THE CITADEL OF THE WEAK(약자의 성채)'라고 내용을 상징하는 영문 제목을 붙였다.

◎ **2006년(28세)**

『봄철 한정 딸기 타르트 사건』 시리즈화가 결정되어 4월에 『여름철 한정 트로피컬 파르페 사건』을 출간. 8월, 학창 시절에 썼던 청춘소설을 번안한 『보틀넥』을 출간. 예리한 칼날로 자르는 듯한 이야기를 쓰려고 했는데 둔기로 몇 번이고 후려치는 이야기가 되었다. 이 무렵 쥘 쉬페르비엘의 『바다 위의 소녀』를 읽고 깜짝 놀랄 정도로 재미있어서 독서 취향이 조금 바뀐다.

◎ **2007년(29세)**

8월, 『인사이트 밀』 출간. 신본격에 푹 빠져 있던 학창 시절을 총결산

한다는 의미를 담아 신본격의 모든 요소를 가득 담았다. 10월, 『멀리 돌아가는 히나』 출간. 야마다 후타로 미스터리 걸작선을 읽고 감명을 받은 것도 이 시기.

◎ **2008년(30세)**

11월, 단편집 『덧없는 양들의 축연』 출간. 이 작품을 계기로 미스터리를 대하는 자세가 조금 바뀌었다. 이 작품의 출발점은 블랙 유머였는데, 수수께끼 풀이 요소뿐만 아니라 아와사카 쓰마오나 렌조 미키히코, 야마다 후타로처럼 소설적 윤택함을 더하고 싶었다. 모두 저택이나 건축물을 무대로 한 고전적인 분위기를 띠는 것은 요코미조 세이시나 에도가와 란포의 영향. 「다마노 이스즈의 명예」를 쓸 때 고향집에서 전부터 흥미를 느꼈던 히사오 주란 전집을 닥치는 대로 읽었다.

◎ **2009년(31세)**

3월, 『가을철 한정 구리킨톤 사건』 출간. '소시민' 시리즈는 미스터리다운 형태를 중요하게 여기는데, 이번 작품에서는 미싱 링크라는 전형적인 형태를 사용했다. 또한 일상의 수수께끼를 그리는 '고전부' 시리즈와는 달리 이쪽은 벌어지는 사건의 죄가 점점 무거워지는 게 숨은 테마. 때문에 이번에는 연속 방화 사건으로. 『겨울철~』의 플롯은 『여름철 한정 트로피컬 파르페 사건』을 쓸 때부터 이미 정해놓아서 조지핀 테이 『시간의 딸』과 같은 모티프를 사용할 생각. 그 의미는 비밀.

8월, 『추상오단장』 출간. 잃어버린 텍스트를 찾는다는 설정은 전부터 묘하게 끌리는 부분이 있어 그전에도 『빙과』나 『쿠드랴프카의 차례』 등에서 형태를 바꿔서 써왔다. 다만 『추상오단장』의 출발점은 리들 스토리. 원래 결말이 없는 이야기나 기존 소설의 그

13

14

15

16

13

가을철 한정 구리킨톤 사건

요네자와 호노부 지음, 김선영 옮김
엘릭시르 펴냄

'소시민' 시리즈 제3탄. 호혜 관계를 끝낸 고바토와 오사나이는 각자 다른 이성과 사귀기 시작한다. 그 무렵, 시내에서는 연속 방화 사건이 발생하는데…….

14

추상오단장

요네자와 호노부 지음, 최고은 옮김, 엘릭시르 펴냄

고서점에 기거하는 청년이 의뢰를 받아 다섯 가지 리들 스토리를 찾아 나선다. 조사하는 사이 그는 22년 전 앤트워프의 총성이라는 사건의 진상에 다가가는데.

15

부러진 용골

요네자와 호노부 지음, 최고은 옮김, 북홀릭 펴냄

12세기, 북해의 외딴섬 솔론 제도. 영주가 마술을 사용하는 누군가에게 암살되자 딸 아미나는 방랑 기사 팔크와 함께 탐문을 시작한다. 일본추리작가협회상 수상작.

16 리커시블

요네자와 호노부 지음, 권영주 옮김
엘릭시르 펴냄

아버지가 실종되고 혈연이 없는 어머니, 남동생과 함께 어머니의 고향으로 이사 온 하루카. 갑자기 기묘한 언동을 보이는 남동생 때문에 혼란스러운 가운데 그녀는 마을에 내려오는 기묘한 전설을 알게 된다.

이후에 대한 상상을 좋아한다. 작중에 나오는 가노 고쿠뱌쿠라는 인물이 쓴 리들 스토리는 전부 다른 나라를 무대로 한 글로, 이것은 바로 히사오 주란의 영향. 굉장히 즐거운 작업이어서 『가노 고쿠뱌쿠 단편집』을 쓰고 싶을 정도.

◎ **2010년(32세)**

6월, 『두 사람의 거리 추정』 출간. 11월, 『부러진 용골』 출간. 이것은 데뷔 전에 쓴 하이판타지가 원형으로, 원류는 마이클 무어콕. 그후 엘리스 피터스의 '캐드펠' 시리즈 등 역사 미스터리와의 만남을 거쳐 『부러진 용골』을 새로 고칠 때 12세기 영국을 무대로 변경. 어렸을 때 좋아했던 것을 오랜 세월 동안 키워서 만들어낸 이 작품이 일본 추리작가협회상을 수상한 덕분에 진화의 방향성이 틀리지 않았다고 생각할 수 있었다.

◎ **2013년(35세)**

1월, 『리커시블』 출간. 존 딕슨 카의 『화형 법정』처럼 여러 시대를 아우르는 미스터리에 도전하고 싶었다. 『개는 어디에』와 마찬가지로 민중사에 대한 관심에서 태어난 작품이기도 하며, 특히 철도 기피 전설(철도 부설을 거부했기 때문에 마을이 쇠락했다는 사실에 반하는 전승이 각지에 있는 것)이 큰 힌트가 되었다. 다마나히메 전설은 물론 가공의 이야기지만 티베트 불교의 영향이 컸다. 이 작품에서는 손끝에 마음이 깊이 깃들었다고 생각되는 순간이 있었는데, 정말 행복한 체험이었다.

요네자와 호노부는 이렇게 만들어졌다!

강연록 「이야기의 원천」

《문예 가도카와》 2016년 4월 호 게재

2016년 1월 10일,
250명 정원을 가득 채운 강연회가 기후에서 열렸다.
그 초고를 바탕으로 강사 요네자와 호노부가
직접 새로 다듬은 강연록을 완전 수록.
어째서 인간은 이야기를 필요로 하는가, 다시 한번 묻는다.

1

요네자와 호노부라고 합니다. 미스터리를 쓰고 있습니다. 오늘은 잘 부탁드리겠습니다.

제가 자란 고향집 책장에는 이야기가 가득 차 있었습니다. 애거사 크리스티의 『왜 에번스를 부르지 않았지?』가 처음 읽은 미스터리였다는 건 전에 다른 곳에서도 말씀드린 적 있는데, 소설뿐만 아니라 만화도 꽤 많았습니다. 데즈카 오사무는 『불의 새』부터 『더스트8』까지, 다케미야 게이코나 하기오 모토도 쭉 꽂혀 있었고, 좋아했던 건 모치즈키 미키야였는데 철이 들고 나서는 후지코 후지오가 추가되었습니다. 소설은 윌리엄 L. 데안드리아의 『호그 연속살인』, 해리 크레싱의 『요리사』 같은 작품도 집 책장에서 뽑아서 읽었던, 잊을 수 없는 책입니다.

아동극도 많이 보러 다녔습니다. 특이한 경험으로는 일인극이라고 하나요, 절 본당에서 이야기를 들은 적이 있습니다. 지금 생각하면 소재는 미야모토 데루의 「진흙강」이었는데, 당시의 제게는 조금 어려운 내용이라 잘 이해가 가지 않는 부분도 있었지만 화자의 엄청난 박력은 지금도 똑똑히 기억합니다.

대체로 이야기는 제 주위에 항상 있었다고 말할 수 있겠네요. 초등학교 통학 시간이 너무 길어서 시간이 남아돌았기 때문에 걸어가면서 이야기를 지어내기 시작했습니다. 중학생 때 그 이야기를 소설이라는 형태로 출력하기 시작했고, 고등학교에 들어갈 무렵에는 언젠가 어떤 형태로든 이야기를 만들며 살아가지 않을까, 어렴풋이 예상하게 되었습니다.

대학생 때 마침 세상에 인터넷이 퍼지기 시작해, 제가 쓴 글을 사이트에 게재했습니다. 소설을 쓰는 장소가 노트에서 웹으로 변했다는 사실에 위화감은 느끼지 못했습니다. 종이에 붓으로 쓰든, 목판을 깎아서 인쇄하든, 활자로 찍어 묶어내든, FTP로 웹에 업로드하든, 소설은 소설, 이야기는 이야기. 도구에 따라 표현 방식이 변하는 일은 있어도 하는 일은 거의 똑같습니다.

대학을 졸업하고 나서는 소설을 쓰면서 서점에서 일을 시작했습니다. 그리고 거기서 그때까지의 제 경험에 비춰보면 뜻밖의 발견을 하게 되었습니다.

이야기가 팔리지 않는 겁니다. 적게 어림잡아도 매장의 30퍼센트는 소설과 만화가 차지하고 있는데, 둘 다 열 명에 한 명도 사 가질 않더군요. 저도 미스터리 팬이나 역사소설 애호가가 줄줄이 찾아올 거라고 생각하지는 않았지만 상상 이상, 아니, 상상 이하라고 해야 할까요, 그런 결과에 상당히 충격을 받았습니다. 그럼 무엇이 잘 팔렸나, 잡지와 실용서, 그리고 학습 참고서였습니다.

단순히 제가 있었던 곳이 그런 서점이었을지도 모릅니다. 하지만 이 경험으로 저는 문득 주위를 둘러보게 되었습니다. 저는 어렸을 때부터 이야기에 둘러싸여 자랐습니다. 제 지인, 친구들도 차이는 있지만 이야기를 사랑했습니다. 하지만 어쩌면 세상에는 이야기를 필요로 하지 않는 사람이 있는 게 아닐까? 이 사람 혹은 저 사람은 진정 스스로 창작물을 원한 적이 있었을까?

그때까지 저는 이야기가 인생에, 조금 더 크게 말하면 하나의 문명에 뭔가 중요한 요소라고 믿어 의심치 않았습니다. 하지만 언젠가는 이야기의 의미를 고민할 날이 올지도 모른다. 그렇게 생각하게 되었습니다.

2

아이작 아시모프 작품 중에 『흑거미 클럽』이라는 작품이 있습니다. SF 작가 아시모프가 쓴 미스터리 단편집인데, 이게 절묘하게 힘 빠지는 작품이거든요. 실로 아무래도 상관없는 문제로 토론하고 은근히 영양가 없는 결론이 나오는데, 그 싱거운 맛이 좋아서 생각날 때마다 다시 읽는 책입니다.

소설의 무대가 되는 '흑거미 클럽'은 회식을 목적으로 한 모임이라 매번 뭔가 맛있는 걸 먹어요. 그리고 으레 게스트를 초대하는데, 그 게스트는 처음에 "당신은 무엇으로 당신의 직업을 정당하다고 생각합니까?"라는 질문을 받습니다. 저는 이 질문이 흥미로웠습니다. 일본어로는 좀처럼 이런 질문을 하지 않거든요. 그래서 제 소설 『진실의 10미터 앞』에서 주인공에게 같은 질문을 던질 때도 영어로 대화하는 장면으로 연출했습니다.

이번에도 그 질문을 들고 오겠습니다. 작가는, 무엇으로 자기 직업을 정당하다고 생각할까요?

역시 생경한 느낌을 지울 수가 없네요. 조금 더 풀어보겠습니다.

라쿠고 예능인 가쓰라 베이초는 과거 스승에게 이런 말을 들었다고 합니다. "예능인은 쌀 한 톨, 못 하나도 제대로 만들 줄 모른다", "비참한 말로는 각오해야 한다". 물론 이건 명인이 제자에게 한 말이니 표면적인 부분만 끌어와서 어떤 비판에 사용하는 건 도리에 맞지 않지만, 그래도 어쩐지 가슴을 찌르는 말입니다.

이번에 이 말을 인용하기에 앞서 다로라는 인물을 가정해봅시다.

다로는 소설을 읽지 않습니다. 옛날 국어 수업에서 학업의 일환으로 교과서를 읽기는 했지만 고등학교를 졸업하자 더는 읽을 기회가 없었습니다.

만화는 있으면 읽지만, 딱히 없어도 아쉬울 것 없습니다. 영화나 텔레비전 드라마, 연극도 보지 않습니다. 음악은 회사에서 가끔 노래방에 가기도 하니 히트곡을 2년에 한 곡 정도 외워둡니다. 정보지나 과학 잡지, 논픽션은 잘 읽는 편이라 제법 박식하기는 합니다. 굉장히 성실해서 제 오랜 친구지만 제가 하는 일은 비생산적이고 이해할 수 없는, 솔직히 말하면 적당히 지어낸 허풍으로 돈을 버는 수상한 일이라고 생각합니다. 아니, 나쁜 녀석은 아니에요. 제가 곤경에 처하면 여러 방면으로 최선을 다해 도와주는, 근본은 착한 녀석입니다.

그런 다로가 말입니다, 그래요, 술자리라고 칩시다, 지금까지 쭉 품고 있던 생각을 털어놓습니다. 그는 이렇게 말합니다. "너는 쌀 한 톨, 못 하나 못 만드는구나. 소설이란 건 결국 지어낸 이야기잖아. 좋게 말해도 시간 때우기밖에 안 돼. 그런 걸 써서 대체 무슨 도움이 돼?"

저는 아마도, 일단은 그의 착각을 지적하겠지요.

소설이, 아니, 더 나아가 이야기가 도움이 되지 않는다는 건 엄청난 착각입니다.

3

가령 고대 그리스에서 생겨난 이솝 우화에는 반드시 교훈이 들어 있습니다. 「개미와 베짱이」나, 「토끼와 거북이」, 「북풍과 태양」, 「신 포도」 같은 이야기에서 교훈적인 색채를 빼고 교육적인 의미를 부정하기란 불가능합니다. 이야기가 인간성 함양에 도움이 된다는 고전적인 사례라 할 수 있습니다.

일본에서는 중세에 수많은 불교 설화가 탄생했습니다. 이야기가 불교 세계관이나 윤리관을 전하는 도구로 사용된 겁니다. 이 또한 이야기를 도구로 도움을 주려 한 사례라 할 수 있겠지요.

근세에서 이야기의 중요성은 대단히 커집니다. 그림 동화는 이야기를 수집하는 데서 그치지 않고, 낭만주의의 일익을 맡아 신생 국가 독일은 어떤 나라인지를 결정하고 국민국가의 형성을 돕는 역할을 했습니다. 수많은 동화들이 정말로 독일에서 유구히 전래된 이야기였는지, 아니면 에릭 홉스봄이 말하는 만들어진 전통이었는지는 차치하고, 이야기가 도움이 된 사례로는 아마도 전형적이면서도 가장 유명한 사례일 겁니다.

차분히 주위를 둘러보면 우리는 무수히 많은 캐치 프레이즈, 나아가 거기서 태어난 이야기에 둘러싸여 있습니다. 수많은 광고문은 흔히 말하는 '제목'이고, 거기서 연상되는 이야기가 바로 사람들에게 관심을 촉구한다고 할 수 있습니다. 예를 들어 제가 어렸을 때 "24시간 싸울 수 있습니까?"라는 광고가 있었습니다. 그 문구는 취침도 식사도 잊고 열정적으로 일한 끝에 영광이 있다는 이야기를 전하면서, 이 영양제를 마시면 그 영광으로 이어진다는 메시지까지 전하고 있습니다. 이야기를 담고 있기 때문에 캐치 프레이즈는 때때로 시대를 대변합니다.

그만큼 이야기는 사람들을 이끌고 고무시킵니다. 어쨌거나 사람은 인생을 한 번밖에 경험하지 못하니, '이렇게 살면 나는 이렇게 된다'라는 모델 케이스가 궁금한 건 당연한 일입니다. 극단적으로 말해 우리는 '이렇게 살면 행복해진다' 혹은 '이렇게 살지 않으면 행복해질 수 없다'라는 이야기에 따라 살고 있다고 해도 과언은 아닙니다…….

그렇게 이런 말을 하다 보면 다로는 점점 실실 웃고, 제 목소리는 점점 작아지겠지요. 적당한 때를 살펴 다로는 분명 이렇게 말할 겁니다. "오호라, 결국 넌 독자에게 교훈을 주고 계몽하려고, 혹은 하나의 사회 원동력이 되기 위해 소설을 쓰는 거로구나. 그렇다면 확실히 도움이 되지. 알겠어, 훌륭한 일을 하고 있구나." 저는 살짝 고개를 돌리며 "아니, 이건 일반론이고 내 소설이 그렇다는 말은……"이라고 우물우물 변명할 수밖에 없습니다.

이야기가 도움이 되는 '경우가 있는' 건 굉장히 좋은 일이지만, 이야기는 도움이 되기 '때문에' 만드는 거라는 생각은 작가에게는 무덤을 파는 행위나 다름없습니다. 그건 도움이 될 것 같지도 않은, 교훈도 뭣도 없는 이야기에는 존재 의의가 없다고 주장하는 것이나 마찬가지입니다. 실없지만 사랑스러운 이야기나 시시하지만 은근히 잊기 어려운 매력이 있는 이야기를, 도움이 되지 않으니 쓸모없다고 생각하고 싶지는 않습니다.

저는 제 소설에 교훈을 담으려 한 적이 없습니다. 있다고 한다면 고작해야 자계심이겠지만 제 자계심이 누군가에게 도움이 된다고 생각해본 적도 없습니다.

옛날에 닌텐도 비디오게임이 미국에서 크게 비판을 받았을 때, 손과 눈의 연동을 훈련할 수 있으니 도움이 된다고 주장했던 적이 있습니다. 물론 그럴 리가 없지요. 손과 눈의 연동을 훈련하려고 비디오게임을 하는 사람은 한 명도 없었을 겁니다. 닌텐도가 진심으로 그렇게 생각한 게 아니라 비판을 회피하기 위해 짜낸 변명이었다는 건 뻔한 사실입니다.

이야기가 '도움이 된다'거나 '유익하다'는 핑계도 역시 변명일 뿐, 잘 먹힐 것 같지 않습니다.

4

사실 이야기는 굉장히 깊은 곳에서 찾아옵니다.

원시적이고 어두운 곳에서 퐁퐁 솟아나는 것입니다. 그 어두운 장소가 바로 이야기의 고향이라 할 수 있습니다. 별로 어려운 이야기도, 오컬트 같은 이야기도 아닙니다. 이야기는 어디에나 있고, 어떤 계기로 자동으로 나온다는, 자연히 나와버린다는 뜻입니다.

다로에게는 "아니, 도움 같은 걸 떠나서 그냥 자연히 나와"라고 대답하기로 합니다. 그러면 당연하지만 다로는 정말 그렇게 간단히 이야기가 탄생하는지 크게 의심할 겁니다. 거기서 이야기는 이렇게 사소한 계기로도 충분히 탄생할 수 있다는 사실을 증명하기 위해 한 가지 놀이를 해보려 합니다.

여기에 다섯 사람이 있습니다. (그림A 참조)

……저는 소설가를 꿈꾸었고 만화가가 되고 싶다는 생각은 한 번도 한 적이 없지만 이렇게 제가 그린 그림을 보니 진심으로 만화가를 꿈꾸지 않아서 다행이라는 생각이 드는군요.

자, 이래서야 그냥 서툰 그림 다섯 개지요. 그럼 이런 걸 덧그려봅시다. (그림B 참조)

어떤가요? 뭔가 보이십니까?

빗금을 들고 있는 이 사람은 행렬의 선두에 서 있는 걸까요, 아니면 맨 끝일까요, 그도 아니면 우연히 끝에 섰을 뿐일까요?

물에 빠진 아이를 구하러 가는 사람들이라고 하면 어떨까요? 보기엔 이래도 그들은 서두르고 있고, 물에 빠진 아이가 붙잡을 수 있도록 하거나 만일의 경우에는 물밑을 조사할 수 있도록 장대를 들고 있는 거지요.

이 사람이 맨 끝이라면…… 그래요, 창일지도 모릅니다. 네 명의 포로를 위협하며 어디론가 끌고 가는 겁니다.

혹은 조금 더 평화로운 이야기일지도 모릅니다. 창던지기 시합장이에요. 나머지 네 사람은 차례를 기다리는 선수일지도 모르고, 마른

그림A 똑같은 다섯 사람

그림B 왼쪽 끝에 이야기가

침을 삼키며 지켜보는 관계자일지도 모릅니다. 곧 손을 들고 박수를 치기 시작할지도 모르겠네요.

더 그려볼까요? (그림C 참조)

꽤 많이 달라졌지요?

아까는 빗금을 들고 있는 인물 한 사람이 이야기의 초점이었습니다. 하지만 지금은 한 사람만 빗금을 들고 있지 않기 때문에 이야기가 태어납니다. 그렇게 느껴지지 않나요?

오른쪽 두 사람과 왼쪽 두 사람은 대립하고 있을지도 모릅니다. 한가운데의 남자, 혹은 여자일까요, 이 인물이 중재하려고 한다는 해석은 어떨까요? 그렇게 생각하면 팔을 벌리고 있는 것처럼 보이기도 합니다.

어쩌면 좌우에서 두 사람씩 다가가 가운데 한 사람을 붙잡으려고 하는 걸지도 모릅니다. 네 사람이 달려들다니 굉장한 이야기네요. 중요한 정치범이라고 생각하면 디스토피아 같은 분위기도 나옵니다. 아니면 단순히 가운데 한 사람이 엄청나게 강한 걸지도 모릅니다. 힘이 세거나, 무슨 짓을 저지를지 모르거나. '아무리 네놈이라 해도 이 포위망 속에서는 달아날 수 없다' 이런 느낌일까요?

그림C 초점은 가운데로 이동한다

조금 더 추가해봅시다. (그림D 참조)

이러면 제법 확실해졌지요. 임금님과 병사입니다. ……혹시 몰라 말씀드리는데 삐죽삐죽한 이것, 왕관을 그린 겁니다.

자, 이렇게 균일한 집단 속에 아주 작은 차이를 집어넣는 것만으로도 이야기가 탄생하기에는 충분합니다. 실제 사례를 들자면 〈스타워즈—깨어난 포스〉 초반에 이 원리가 뚜렷한 형태로 사용되었습니다. 자세히 말씀드리진 않겠지만 영화를 본 분은 그거구나, 하고 눈치채실 겁니다.

영화로 말하면 존 배덤 감독의 〈조니5 파괴 작전Short Circuit〉에는 벼락을 맞고 마음을 갖게 된 로봇이 나옵니다. 기계가 마음을 갖는 계기는 벼락이 최고죠. 아마 벼락이 단순한 자연현상 이상으로 뭔가 신적인 존재를 느끼게 하기 때문인 것 같습니다. 그건 그렇고, 이 영화 속에 기술자가 스프를 종이에 떨어뜨리고 반으로 접어 얼룩이 무엇으로 보이는지 로봇을 향해 묻는 장면이 있었습니다. 로봇은 처음에 성분을 분석합니다. 펄프, 물, 소금, 글루타민산나트륨, 이런 식으로요. 하지만 이어서 "뭔가를 닮았다"고 말하기 시작합니다. 나비, 새…… 단풍잎으로도 보인다고요.

그림D 충분한 정보량

이 대답을 듣고 기술자는 로봇에게 마음이 깃들었다고 믿습니다. 상상할 수 있는 건 마음이 있기 때문이라는 그 이해의 과정에, 이해가 갑니다.

그럼 어째서 인간에게는 이야기를 만드는 힘이 있을까요? '이야기'가 자동으로 떠오르는 이유는 무엇 때문일까요?

들판에서 살던 시절의 인류에게 언덕 너머에 있는 세계를 상상하는 것은 생사를 가르는 일이었습니다. 모퉁이 너머에 드리운 그림자의 정체는 무엇인가, 이 어둠 속에는 뭔가 치명적인 위협이 기다리고 있는 게 아닐까 생각하는 것, 상상력의 원천은 그런 곳에 있다는 말을 들은 적이 있습니다. 그런데 이 가설이 옳다면 이야기를 상상할 수 있는 주체는 인간에 국한되지 않을 것입니다. 살기 위해 정보를 구사하는 게 인간만의 특권은 아닙니다. 여우는 여우의, 늑대는 늑대의 이야기를 꿈꾸고 있을지도 모릅니다. 그런 생각은 즐겁지만, 어쨌거나 가설의 영역을 벗어나지 않겠지요.

게다가 인간은 어째서 이야기를 만들 수 있는가 하는 물음은 제게 그리 중요하지 않습니다. 이유는 모르지만 그냥 솟아난다는 설명으로 충분합니다.

5

그런데 다로는 사람은 착한데 입이 험해서 이런 말을 할지도 모릅니다. "오호라, 이야기는 효용성과는 별개의 차원에 존재한다고 말하고 싶은 거구나. 그렇다면 어떻게 도움이 되는가 하는 질문이 적절하지 않다는 주장도 일단은 받아들여주지. 하지만 이야기가 그만큼 근원적이고 자동으로 나오는 거라면 딱히 프로가 직업적으로 할 필요가 없잖아. 인터넷을 한 바퀴 돌면 신비한 경험담이 산더미처럼 쏟아지는데."

정말이지, 다로에게는 실망했습니다.

탄소가 사방에 굴러다닌다고 해서 다이아몬드가 어디에나 있다는 뜻은 되지 않습니다. 분명 이야기의 시초는 원시적으로 자연히 떠오르지만 그대로 통용되는 건 하나도 없습니다. 이야기를 하나의 형태로 다듬어 글 또는 영상을 통해 처음부터 끝까지 보여주려면 작업 과정을 거쳐야만 합니다.

저를 예로 들어 말하면, 얼마나 잘하고 있는지는 모르겠지만 조금은 프로다운 일을 하고 있다고 자부하고 있습니다. 착상을 어떻게 한 편의 소설로 만들어내는지, 제 작업 진행 과정을 조금만 소개하겠습니다.

미스터리를 쓸 때 필요한 요소는 우선 세 가지입니다.

하나는 이야기 자체. 이것은 심플한 내용이라도 상관없습니다. 아까 다섯 명의 그림에서 탄생한 이야기라도 시초로는 충분합니다.

아니, 보다 정확히 말하면 심플한 내용이어야만 합니다. '이제부터 쓰려는 건 어떤 이야기인가'를 한두 마디로 설명하지 못하고 'A가 B를 해서 C가 D를 하고 거기에 E가 F를 하려다가……' 이런 식으로 질질 늘어지는 경우는 이야기가 좁혀지지 않았을 가능성을 고민해봐야 합니다.

다음으로 미스터리니 응당 수수께끼가 필요합니다. 솔직히라고 해야 할지, 역시라고 해야 할지, 여기에 시간이 많이 듭니다. 미스터리에서 수수께끼에 접근하는 방법은 오랜 역사 속에서 수도 없이 태어났습니다. 후더닛, 와이더닛, 알리바이 깨기, 밀실 트릭, 다중 해결……. 사고를 펼치기 위한 가이드라인으로는 유효하지만 물론 만능이 아니고, 말에 너무 의존하면 제 풀에 지치게 됩니다. 수수께끼를 어떻게 만들어낼 것인가라는 물음은 이번 강연의 주제는 아니니 짤막하게, 일상생활 속에서 안테나를 높이 세워두면 좋다는 정도로 마치겠습니다.

이야기와 수수께끼를 유기적으로 결합시키면 미스터리 소설의 골격이 일단 완성됩니다. 가능하면 수수께끼가 풀리는 순간에 이야기가 최고조를 맞이하도록 구성하고 싶은 법입니다. 양자의 결합은 불가분의 관계여야 합니다. 이 이야기는 밀실 트릭이어도 되지만 알리바이 깨기라도 괜찮다면 미스터리 소설로는 치밀하지 않다고 봐도 됩니다. ……그리고 재미있는 게 사실은 모든 샘플을 완벽하게 구성할 필요도 없다는 겁니다. 수수께끼만 도드라져서 오히려 재미있는 것, 이야기가 주역이고 수수께끼는 그것을 풍부하게 만드는 조연 역할인 것, 어느 쪽에나 좋아하는 샘플이 많습니다.

그리고 세 가지 요소 중 마지막은 무대입니다. 어느 곳의 이야기이고, 언제 적 일인가. 이것으로 골격이 살을 얻습니다. 방금 전에 이야기와 수수께끼의 결합은 불가분의 관계여야 한다고 말씀드렸습니다. 반대로 무대에는 호환성이 있습니다. 하나의 이야기를 현대 일본을 무대로 해도 좋고 중세 영국을 무대로 해도 좋습니다. 어느 쪽이든 대개는 성립됩니다.

제 작품 『빙과』로 시작되는 '고전부' 시리즈의 무대는 히다 다카야마가 모델입니다. 또 『봄철 한정 딸기 타르트 사건』으로 시작되는 '소시민' 시리즈 무대의 모델은 기후 시입니다. '소시민' 시리즈의 무대는 '기라 시'라고 하는데, 이것은 기라 고즈케노스케*에서 따온 게 아니라, 기후 시에 흐르는 큰 강 기소가와 강과 나가라가와 강에서 한 글자씩 따왔습니다. ……기후 현 노비 평야에는 또 하나 이비가와 강도 흐르지만 이건 도시 이름에 담지 못했습니다. 그건 그렇고, 다카야마 시나 기후 시를 무대로 쓴 것에 필연성은 없습니다. 단순히 제가 아는 장소라는 이유가 전부인데, 꼭 거기여야만 할 이유는 없었습니다.

하지만 어디에서나 성립된다고 해서 대충 정하는 게 아니라, 어디에서나 성립되기 때문에 더욱 무대에서 힘을 얻을 수 있도록 신중하게 설정해야 합니다.

제가 쓴 『야경』에 수록된 단편 「문지기」는 많은 난항을 겪었습니다. 사실 그 단편은 원래 폐사의 무연고자 무덤을 지키는 남자라는 이미지로 생각했습니다. 그것도 나쁘지는 않았는데, 아무래도 트릭과 이야기가 융합되지 않았습니다. 이건 못 쓰겠구나 싶어 일단 접어두었습니다.

그후 잡지 《CREA》 기획으로 이즈 슈젠지에 취재를 갔습니다. 요코미조 세이시 『여왕벌』의 무대를 방문하는 게 주목적이었는데, 숙소에서 나왔을 때 기묘한 석상을 발견했습니다. 어떤 식으로 기묘했는지

* 에도 전기의 고관으로 그에게 칼을 휘두른 죄로 할복한 아코 번 영주 아사노 나가노리를 위한 신하들의 복수극을 그린 『주신구라』에서 적으로 그려지는 인물.

여기서 그림으로 그리는 방법도 있지만…… 제 그림 실력은 아까 보셨으니 댁에 돌아가셔서 이미지 검색으로 찾아보는 게 나을 것 같습니다.

저는 '이거다' 싶었습니다. 이즈의 고갯길과 기묘한 석상, 머릿속에서는 아시카가 자차마루 전설도 연결되었습니다. 이거라면 되겠다고 생각한 지 일주일 만에 저는 「문지기」를 완성할 수 있었습니다. 소설이 무대의 힘을 빌린 좋은 예라고 말씀드릴 수 있겠습니다.

또한 처음에는 필연성 없이 선택한 무대라도 소중하게 가꾸면 이윽고 힘을 빌려줍니다. '고전부' 시리즈의 무대가 히다 다카야마를 모델로 했지만 거기에 깊은 의미가 있었던 건 아니라는 말씀은 아까도 드렸습니다. 하지만 「새해 문 많이 열려라」나 「멀리 돌아가는 히나」, 「첩첩 산봉우리는 맑은가」와 같은 샘플이 쌓인 지금은 히다의 이미지를 뺀 '고전부'는 생각하기 어렵습니다.

무대의 또 다른 요소, 시대 설정에 대해 말씀드리면 저는 요즘 완전히 '현재'보다 10년이나 20년, 조금 이전의 시대를 그리는 일이 많아졌습니다. 그 이유는 의외로 간단합니다. 지금은 정보기술혁명이 너무 빨라서 '현재'를 써도 2,3년 만에 낡아버리기 때문입니다.

제가 쓴 『개는 어디에』에서 BBS나 ICQ를 소설에 등장시켰는데 지금은 그게 뭔지 모르는 분들도 계실 겁니다. 이런 진부화를 막고자 하는 게 조금 이전의 시대를 자주 무대로 선택하는 가장 큰 이유인데, 그 덕분에 소설에 조금 그리운 향수가 감돌 때도 있어 재미있게 느끼고 있습니다. 이런 효과는 『야경』에 현저하게 나타났는데 『개는 어디에』에서도 슬슬 진부함이 시대를 타고 향수를 불러일으키는 영역에 들어간 것도 같습니다.

이야기와 수수께끼, 무대, 세 가지가 갖추어져야 비로소 미스터리가 움직이기 시작합니다. 그리고 마지막으로 등장인물을 고민합니다. 이 소설 속에서 살아가는 건 어떤 사람일까. 소설의 등장인물이 특별히 개성적이어야 할 필요는 없습니다. 어떤 사람이든 자기 인생을 살아야 하는 것처럼 아무리 평범한 사람이라도 이야기에서 역할을 맡을 수 있습니다. 중요한 건 만들어낸 등장인물을 홀대하지 않는 것입니다. 가혹한 경험을 시키지 말라는 뜻이 아닙니다. 완전하지는 않더라도 인생을, 적어도 그 일부를 부여한 노력을 해야 한다는 뜻입니다.

그것을 위한 도구로 저는 등장인물을 상세하게 설정해야 할 때 심리학적인 시험을 합니다. 만들어낸 그들에게 "당신은 어떤 사람입니까"라는 질문을 서른 번 반복합니다. 처음 열다섯 번 정도는 나이, 성별, 키, 몸무게, 기타 정보로 채워지지만 점점 대답이 궁해집니다. 대답 횟수가 늘어날수록 이 사람은 이런 사람이고 무엇을 소중하게 여기고, 어떤 장면에서 어떤 생각을 하고 어떤 말을 할지, 조금씩 알게 됩니다.

6

이제 제 이야기는 이쯤 하고, 슬슬 다로 이야기로 돌아가볼까요? 그는 이렇게 말할지도 모릅니다. "오호라, 아무 생각 없이 쓰는 건 아닌 모양이구나". 그리고 바짝 다가와서 술이 깬 얼굴로 말합니다. "하지만 왜 꼭 너여야만 해? 네가 새 이야기를 쓰지 않아도 과거의 명작이 얼마든지 있잖아."

지당한 말입니다. 마지막에 역시나 다로다운 면모를 보이며 핵심을 찌릅니다. 분명 과거의 명작만 읽어도 평생 이야기가 모자랄 일은 없습니다. 그렇다면 어째서 저는 소설을 쓰는 걸까요? 어째서 이 세상에 새로운 이야기가 계속 태어나는 걸까요?

읽는 입장에 서면 새로운 이야기를 추구하는 이유를 생각해볼 수 있습니다. 사회는 항상 자신의 거울이 되어줄 이야기를 필요로 한다는 가설은 어떨까요? 쉽게 말해 옛날이야기도 좋지만 지금 내가 사는 세상의 이야기, 나와 같은 사람이 나오는 이야기를 원한다는 뜻입니다. 훌륭한 이야기는 시대를 초월하니 백 년 전, 천 년 전의 이야기 속에서 나를 발견하는 경우도 드물지는 않습니다. 하지만 역시 불필요한 차이 없이 자기를 투영할 수 있는 쪽이 읽기도 편하고 재미있다는 것도 결코 태만한 행동은 아닙니다.

나아가 사람들에게 절실한 문제는 시대마다 다르니, 지금 이 시대이기 때문에 생기는 주제도 있습니다. 정보사회이기 때문에 모두가 발신자가 될 수 있다는 현실에 입각해서 쓴『왕과 서커스』는 그 예가 될지도 모릅니다. 뛰어나고 현대적인 주제를 과거의 명작에서 찾으려고 해도 견강부회가 되거나 어쩐지 어색할 수 있을 겁니다. 지금 현재를 그리기에 지금의 이야기가 잘 어울리는 것은 자연스러운 일입니다.

제가 독자의 입장일 때 어째서 과거의 명작만 읽지 않는가 하는 질문에는 지금과 같은 논리로 거의 설명이 될 것 같습니다.

그렇다면 작가일 때의 저는? 저는 어째서 과거의 명작에 끝없이 충격을 받으면서도 여전히 글을 쓰는 걸까요?

다른 소설가나, 이야기를 만들어내는 사람들의 마음은 모르겠습니다. 제가 알 수 있는 건 저 자신의 개인적인 이유뿐입니다.

저는 죽음이 두려운 아이였습니다.

죽음은 누구나 두렵겠지만 그만큼 그 두려움에는 각자 맞서는 수밖에 없습니다. 저는 제가 죽어서 모든 게 제로가 된다는 게 너무 무서웠습니다.

어떻게든 그 제로를 회피할 수 없을까. 죽어도 사라지지 않을 방법은 없을까……. 그런 고민을 하던 어린 시절의 제가 생각해낸 방법이 나는 하나의 정보체라는 사고방식이었습니다. 나라는 인간은 언젠가 죽습니다. 하지만 정보체로서의 나는 반드시 그렇다고 할 수 없습니다. 나라는 정보를 분해해서 확산시키고 그 일부라도 누군가에게 계승되어 그 누군가가 저의 정보를 바탕으로 생성한 정보를 또 확산시켜 간다면……. 인류가 살아 있는 한 저의 조각은 남을 거라고 생각했습니다.

그래서 저는 과거의 걸작을 두려워하면서도 제 이야기를 만들기로 했습니다.

어렸을 때의 그 마음은 지금도 제 어딘가에 남아 있는 것 같습니다.

언젠가 제가 쓴 소설이 다음 이야기를 낳아준다면 좋겠습니다. 제 이야기를 동경해서 만든 이야기도 좋습니다. 혹은 뭐야, 요네자와도 별것 아니네, 이 정도면 내가 더 멋진 이야기를 만들 수 있겠다고 생각하는 누군가가 만들어준 이야기라도 상관없습니다. 저 또한 선진들의 작품을 접하고 경의와 자부심을 바탕으로 글을 써왔습니다. 다음에는 제 소설이 누군가의 이야기의 원천이 될지도 모릅니다.

그렇게 생각하면 저는 제법 만족스럽습니다.

대담

아야쓰지 유키토

윤택한 미스터리를 탄생시키기 위하여

《소설 야성시대》 2013년 11월 호 게재

대담

오사키 고즈에

『이제 와서 날개라 해도』

《책 여행자》 2016년 12월 호 게재

대담집 2
요네자와 호노부와 미스터리 작가
아야쓰지 유키토 오사키 고즈에
완전 분석, 요네자와 작품에 대해 논하다.
요네자와 작품을 중심으로 펼쳐지는 두 가지 대담.
그 작가는 요네자와 작품을 어떻게 읽었을까?

아야쓰지 유키토 **대담** 요네자와 호노부

윤택한 미스터리를 탄생시키기 위하여

신본격 미스터리의 기수로 활약해왔으며 최근에는 호러나 환상소설도 다루고 있는 아야쓰지 유키토.
중학교 때부터 아야쓰지 작품을 애독하다가 훗날 작가가 된 요네자와 호노부. 세대를 뛰어넘어 계승된 미스터리에 대한 정열은 나아가 젊은 독자들을 향하고 있습니다. 최고의 인기를 자랑하는 두 작가에게 '미스터리에 대한 생각'을 물어보았습니다.

구성 후쿠이 겐타 ◎ **촬영** 나카오카 류조

고전 미스터리 애호가의 계보

요네자와 본격적으로 미스터리를 읽기 시작한 건 대학생이 되고 나서인데 아야쓰지 선생님의 작품만은 중학생 때부터 읽었습니다. 미스터리라고 의식하지도 않고 재미있어 보였던 『십각관의 살인』을 샀고 '카'나 '엘러리' 같은 이름을 그때 처음 봤습니다.

아야쓰지 요네자와 씨의 데뷔는 2001년이지요. 두 번째 작품 『바보의 엔드 크레디트』가 나온 후에 스니커문고 신년 모임에서 "모르고 (아야쓰지의 모 작품과) 같은 트릭을 쓰고 말았습니다"라고 사과하기에 정직한 사람이구나 했던 게 기억납니다.

요네자와 처음 뵈었을 때 "고전 미스터리를 많이 읽으라"고 말씀하셔서 다양한 작품을 열심히 읽었습니다. 당시에는 이것도 저것도 안 읽었던가 싶어 부끄럽기 짝이 없었습니다.

아야쓰지 다른 파티에서 요네자와 씨하고 다니가와 나가루 씨가 고전 이야기로 열띤 토론을 벌였던 모습도 똑똑히 기억합니다. 프랜시스 아일스의 『살의』가 이러쿵저러쿵, 두 사람 다 젊은데 어찌 그런 마니악한 선택을(웃음). 다니가와 씨도 사실 상당한 미스터리 애호가지요.

요네자와 저는 해외에서는 제럴드 커시 같은 '기묘한 맛'을 좋아하고, 국내에서는 《환영성》 출신 작가들을 존경해서 다니가와 씨와 취향이 많이 겹치지는 않지만 이야기를 나누면 굉장히 즐겁습니다.

아야쓰지 『빙과』하고 『스즈미야 하루히의 우울』은 둘 다 똑똑하고 말 잘하는 남고생의 일인칭이라 작품 분위기가 닮았다고 느꼈습니다.

요네자와 그런 말을 많이 듣습니다. 제 경우는 히구치 유스케 선생님 영향을 받았습니다.

아야쓰지 대학생 때 미스터리 연구회에는 들어가지 않았다고 했지요?

요네자와 대학에 없었거든요. 대신 인터넷으로 정보를 교환해서 기타무라 가오루 선생님의 '일상의 수수께끼'로 시작해 아와사카 쓰마오 선생님이나 쓰즈키 미치오 선생님, 렌조 미키히코 선생님의 작품을 읽으며 제 홈페이지에 습작을 발표했습니다. 가장 반향이 컸던 게 『빙과』였고, 그걸 가도카와 학원 소설 대상에 투고해 장려상을 받았습니다.

아야쓰지 가도카와문고 '스니커 미스터리 클럽'은 단명했지만 요네자와 씨를 배출하는 등 현재 상황하고 연결되어 있지요. 옛날로 치면 《환영성》 같은 의미가 있지 않았나 싶습니다.

아야쓰지 유키토

1960년 교토 출생. 교토대학 재학중에는 추리소설 연구회에 소속. 1987년『십각관의 살인』으로 작가 데뷔. '신본격 무브먼트'의 효시가 된다. 1992년『시계관의 살인』으로 제45회 일본 추리작가협회상을 수상. 미스터리 작품 외에 호러 장편이나 환상 기담 저서도 다수.

서로 좋아하는 작품

아야쓰지 『부러진 용골』도 원래 개인 홈페이지에 발표했던 작품이라고요?

요네자와 원형은 그렇습니다. 이건 못 쓰겠다 싶었는데 도쿄소겐샤 편집자께서 칭찬해주셔서 전면적으로 수정했습니다.

아야쓰지 그건 지금까지 발표한 작품들 중에서 가장 강속구지요. '우직한 본격'을 건너뛰고 데뷔한 사람인 줄 알았는데『부러진 용골』이 그렇게, 어떤 의미로 직구 성격의 본격 미스터리여서 깜짝 놀랐습니다. 그런 타입의 본격을 재미있게 쓰기란 어렵잖아요. 거쳐야 하는 절차가 많아서 자칫하면 지루한 소설이 되기 십죠.『부러진 용골』은 훌륭하게 클리어했지요. 굉장히 든든했습니다.

요네자와 고맙습니다! 용의자를 서서히 줄여가는 구성을 취했는데 소거법 추리는 읽는 것도 쓰는 것도 즐겁습니다. 그 작품을 칭찬해주시다니 정말 기쁩니다.

아야쓰지 저는 요네자와 씨의 작품 중에서는『덧없는 양들의 축연』을 제일 좋아해요. 소녀들의 정중한 말씨가 살짝 고풍스럽고 우아해서. 블랙 유머가 되기 직전에 독자를 실실 웃게 하면서 다음 전개를 좀처럼 예상하지 못하게 만들죠. 어쨌거나 재미있었어요. 「산장비문」의 머리를 쓰게 되는 결말은 좋은 의미로 폭소를 터뜨렸습니다. 「북관의 죄인」도 「다마노 이스즈의 명예」도 전부 너무 좋아요. 연작 전부가 저택 이야기니 요네자와판 '관' 시리즈네요(웃음).

요네자와 영광입니다(웃음). 저는 아야쓰지 선생님의 『시계관의 살인』에 추억이 있습니다. 복선이 너무 대담하잖아요. 특히 첫 대사에서 다시 읽어보지 않으면 이해 못 할 미스터리의 트릭을 느꼈습니다. 처음 읽었을 때는 그냥 넘어갈 말인데, 굉장한 의미가 숨어 있었던 거죠.

아야쓰지 지나치게 감추지 않는 게 좋다는 지론이 있었어요. 열 명 가운데 아홉 명을 속이는 것보다 세 사람이 꿰뚫어 볼 정도로 아슬아슬하게 쓰는 편이 나머지 일곱 명에게 강한 충격을 주겠다 싶었죠.

요네자와 『키리고에 저택 살인 사건』은 미스터리와 환상의 융합을 노린 『화형 법정』 같은 작품인 줄 알았는데 아야쓰지 선생님의 호러나 환상소설을 보면 원래 환상을 추구하는 작가였다는 생각이 듭니다.

아야쓰지 어렸을 때부터 늘 '무서운 것'을 좋아했어요. 순서로 따지자면 그다음으로 좋아하게 된 게 미스터리였지요. 십 대 시절에는 괴이소설만 쓰느라 좀처럼 추리소설을 쓰지 못했습니다.

요네자와 환상 체질이시네요.

아야쓰지 요네자와 씨는 다양한 종류와 방향성의 미스터리를 쓰고 계시지요. 하지만 처음에는 『보틀넥』이나 『인사이트 밀』 같은 작품이 나올 줄 아무도 몰랐어요.

요네자와 호기심이 많은 타입이거든요. 『인사이트 밀』의 구상은 옛날부터 해뒀는데 소위 말하는 '일상 미스터리'로 데뷔한 작가가 초기에 쓸 이야기는 아니라고들 해서 2007년에야 겨우 낼 수 있었습니다. 신본격 성숙기의 대표적 작품들에 대한 공감대를 전제로 썼는데, 별로 그렇게 해석해주시지는 않더라고요.

아야쓰지 그나저나 〈빙과〉 애니메이션은 참 잘 만들었던데요. 그 복잡한 구조의 『바보의 엔드 크레디트』를 용케 애니메이션으로 만들었다 싶어 감탄했습니다. 그걸 보고 미스터리를 읽게 된 독자도 늘었을 테니 애니메이션화 성공은 공적이 커요. 젊은 독자가 있다는 건 중요한데, 처음 접한 미스터리가 〈빙과〉 애니메이션이었다는 작가들도 훗날 분명히 나올 겁니다.

요네자와 그때는 눈앞의 문제에 필사적이었지만 조금이라도 배턴 릴레이에 참가할 수 있다면 기쁜 일입니다. 둘이서 대화만 하는 「기억이 있는 자는」은 어떻게 애니메이션으로 만들지 걱정했는데 방영 후에 『9마일은 너무 멀다』를 읽었다는 분이 계셔서 이상적인 전개라고 생각했어요. 마니아가 되는 사람이 나오면 기쁘겠어요.

'그런 기분'으로 만드는 기술

요네자와 『바보의 엔드 크레디트』에서 밀실에 대해 논하는 등장인물에게 "아무래도 상관없잖아, 밀실 같은 거"라는 대사를 시킨 적이 있습니다. 『흑묘관의 살인』에도 비슷한 대사가 있는데 그건 어떤 의도였습니까?

아야쓰지 전 미스터리 작가로는 그다지 성실하지 않아요. 철벽의 알리바이가 있다고 해도 '어떻게든 했겠지'라고 생각하고, 밀실도 '어떻게든 만들었겠지'라는 식으로 그만(웃음).

요네자와 저도 그렇습니다(웃음). 그래서 절차에 의문을 품을 때가 있어요. 본격 미스터리의 퀴즈 같은 성격을 강화하면 하염없이 탐문하지 않아도 '모두에게 알리바이가 있습니다'라고 쓰면 그만이잖아요. 하지만 그래서야 소설이 되지 않지요.

아야쓰지 저는 그래서 『돈돈다리, 떨어졌다』를 썼지요(웃음). 아마추어가 그런 범인 맞추기 소설을 써 와서, 작중의 독자들이 화를 낸다는 구도의 교활한 연작입니다. 하지만 퀸의 초기 작품은 신문 장면도 재미있어요. 그 재미를 우직하게 추구해야 한다는 생각도 있습니다.

요네자와 다카기 아키미쓰 선생님은 해결편 직전에 수수께끼 풀이 항목을 조목조목 써주시지요. 퀴즈면에서는 그걸로 충분하지만 그래도 『문신 살인 사건』이나 『인형은 왜 살해되는가』는 재미있어요. 거기에 미스터리의 윤택함의 열쇠가 있다고 생각합니다. 서프라이즈를 극단적으로 추구하더라도 소설적인 부분은 필요하지요.

아야쓰지 서프라이즈를 낳으려면 독자를 그런 기분으로 만들 필요가 있어요. 조목조목 써두기만 해도 퀴즈는 성립하지만 독자가 이야기의 세계에 몰입하지 못하지요. 소설의 힘으로 독자를 '그런 기분'으로 만들면 자그마한 일격에도 깜짝 놀라요. 그러기 위해 작품 속 리얼리티를 쌓아 올리는 게 소설가가 해야 할 일입니다.

요네자와 세상에서는 흔히 미스터리를 범인을 맞히는 소설이라고 생각하지만 즐겨 읽는 사람들에게는 다르지요. 이미 누가 범인이라도 놀라지 않으니 후더닛 시점으로 의외성을 연출하기는 어려워요.

아야쓰지 신인상을 심사하다 보면 중간에 범인을 밝혀버리는 작품이 흔히 있어요. 도서 미스터리나 알리바이 트릭이 아닌 한 허세라도 좋으니 해결편까지 범인은 숨겨야 한다고 생각합니다.

요네자와 들키기 전에 자기가 먼저 말해버리려는 심리네요.

아야쓰지 의외의 범인으로 승부하기 힘드니 의외의 단서, 의외의 추리, 의외의 로직으로 향하는 면은 있습니다. 하지만 '그런 기분'으로 만들기만 하면 여전히 놀라게 하는 일은 가능할 거예요. 어떻게 하면 독자를 '그런 기분'으로 만들 수 있을까, 요즘은 계속 그 고민뿐인데 요네자와 씨는 '저런 식으로 쓰고 싶다'는 목표로 삼고 있는 작품이 있습니까?

요네자와 이상에 가까운 건『기계장치 난장』입니다. 지식이 가득하고 과거와 현재를 잇는 이야기로, 미스터리의 정형을 따르면서 모험소설이기도 하고, 의외성도 있지요. 아와사카 쓰마오 선생님은 완구의 역사를 사용하셨지만 제가 쓸 모티프는 무엇인지, 그걸 준비해서 작품으로 만들기 위해서는 어떻게 해야 할지 고민하고 있습니다. 아야쓰지 선생님의 목표는 어떤가요?

아야쓰지 글쎄요. 한동안 느긋하게 지내고 싶다는 바람인데(웃음). 같은 일을 사반세기나 계속하다 보면 의욕이 사그라들기 쉬운데 요네자와 씨 같은 후배 작가의 이야기는 좋은 자극이 되네요. 이런 식으로 젊은 사람들과 대담할 기회를 더 늘리고 싶기도 합니다.

살의
프랜시스 아일스 지음
(소겐추리문고)

개업의 비글리는 면밀한 계획하에 아내를 살해하고 무죄를 따내기 위해 법정에 선다. 범죄자의 극명한 심리묘사, 경찰과의 숨 막히는 대결, 교묘한 플롯을 갖춘 '세계 3대 도서 미스터리'의 하나로 꼽히는 걸작.

스즈미야 하루히의 우울
다니가와 나가루 지음
이덕주 옮김, 대원씨아이 펴냄

별난 미소녀 스즈미야 하루히에게 휘말려 'SOS단' 동아리에 들어간 고등학생 쿈은 다른 부원들이 우주인과 미래에서 온 사람, 초능력자임을 알게 된다. 제8회 스니커 대상에 빛나는 데뷔작. 애니메이션판도 큰 인기를 끌었다.

화형 법정
존 딕슨 카 지음
유소영 옮김, 엘릭시르 펴냄

가면무도회 밤에 남자가 독살당하고, 밀실 상태의 납골당에서 시신이 사라진다. 여자가 벽을 빠져나갔다는 목격자가 나타나고, 17세기 독살범과 닮은 여자가 혐의를 받는다. 본격 미스터리와 괴기소설을 융합시킨 거장의 대표작.

윤택한 미스터리를 탄생시키기 위하여

9마일은 너무 멀다
해리 케멀먼 지음
(하야카와미스터리문고)

체스에 빠진 지방 검사 '내'가 대충 만든 짧은 문장을 바탕으로 영문학 교수 닉 웰트가 '현실의 범죄'를 해명하는 표제작을 포함한 연작 단편집. 경쾌한 로직이 인상적인 고전 명작이다.

인형은 왜 살해되는가
다카기 아키미쓰 지음
김선영 옮김, 검은숲 펴냄

마술용 인형의 머리가 도난당하고, 머리 없는 시체와 함께 발견된다. 급행열차로 마네킹 인형을 치게 만든 범인의 목적은? 명탐정 가미즈 교스케가 "정말 무서운 대마술이었어"라고 탄식한 연쇄살인을 그린 본격 미스터리 걸작.

기계장치 난장
아와사카 쓰마오 지음
(소겐추리문고)

완구 회사 부장이 사고로 죽고, 두 살배기 큰아들도 변사한다. 홍신소 경영자와 부하는 사장이 사는 '태엽 저택'을 찾아가지만 그곳 사람들이 차례로 살해당한다. 살해 도구까지 완구로 점철된 제31회 일본 추리작가협회상 수상작.

오사키 고즈에 **대담** 요네자와 호노부 / 『이제 와서 날개라 해도』

누적 판매 부수 230만 부를 자랑하는 '고전부' 시리즈 최신작이 6년 만에 출간되었습니다. 요네자와 선생님의 원점이 되는 이 시리즈를, 마찬가지로 '일상의 수수께끼' 장르로 데뷔한 오사키 선생님과 함께 살펴보겠습니다.

취재·글 다키이 아사요 ⓐ **촬영** 혼고 유지

이다음에 뭐가 되고 싶어?

요네자와 저는 고등학생 때 이미 장래에 이야기를 만드는 사람이 되고 싶었습니다. 오사키 씨는 어땠습니까?

오사키 소설은 특별한 사람이 쓰는 건 줄 알았어요. 하지만 고등학생 때부터 늘 한가할 때 머릿속으로는 이야기를 만들고 있었지요. 결혼하고 아이를 키우면서 아이에게 "이다음에 뭐가 되고 싶어?"라고 물었더니 제게 똑같은 질문을 하더라고요. 결혼해서 엄마가 된 다음은 생각하지 않았다 싶어서 서점에서 일하면서 소설을 쓰기 시작했어요.

요네자와 데뷔 계기는 도쿄소겐샤의 도가와 야스노부 씨였다고요.

오사키 맞아요. 신인상에 응모하고 있을 무렵, 도가와 씨가 단편 강좌를 연다고 수강생을 모집하고 계셨어요. 단편을 하나 보내야 한다는 어려운 응모 조건 때문에 강좌 자체는 취소되었어요. 하지만 그때 응모했던 단편을 도가와 씨가 읽어주셔서 데뷔하게 되었어요.

요네자와 데뷔작은 서점 직원들이 일상의 수수께끼를 푸는 『명탐정 홈즈걸』이죠. 그 무렵부터 문장에 빈틈이 없는 분이라고 생각했습니다.

오사키　천만에요. 그건 서점 업무를 이야기로 만들면 재미있겠다 싶어서 쓴 작품이에요. 요네자와 씨도 데뷔작『빙과』때부터 일상의 수수께끼를 쓰셨는데, 장르는 의식해서 선택하셨나요?

요네자와　다양한 글을 쓰는 가운데 제 문장은 논리가 강한 것 같아, 그게 미스터리라는 분야에 어울리겠다고 생각했습니다.

고전부 네 사람의 과거와 미래

오사키　그『빙과』로 시작하는 '고전부' 시리즈 최신간『이제 와서 날개라 해도』가 드디어 출간되는데요. 이번 대담 의뢰를 받고 나서 시리즈를 전부 다시 읽어봤어요.

요네자와　황송하네요. 초기작은 너무 풋내 나는 건 아닌지…….

오사키　아니요, 오히려 첫 번째 작품『빙과』때부터 이미 실력을 발휘하고 계셨구나 싶어서 감동했어요.『왕과 서커스』와도 통하는 지하 수맥 같은 게 처음부터 있었다고 느꼈어요.

요네자와　아아, 고맙습니다. 일상의 수수께끼를 다룬 학원물이라 경쾌한 소설로 데뷔했다고 보시는 분들도 계시지만『빙과』도 학생운동이 얽힌 이야기고, 그 무렵부터『안녕 요정』이나『왕과 서커스』로 통하는 저류가 있다고 스스로 생각하는 터라 그런 말씀을 들으니 정말 기쁘네요.

오사키 처음에 썼을 때 속편을 생각하셨나요?

요네자와 아니요, 그때는 전혀.

오사키 그랬군요! 작품이 나올 때마다 시간이 흘러서 주인공들이 성장하고 있잖아요. 그래서 어디까지 구상하셨나 궁금해서.

요네자와 시리즈화가 결정되었을 때 시곗바늘을 움직일까 고민했어요. 원래 아무것도 아니었던 고등학생이 스스로를 확립시켜 가는 이야기로 만들고 싶어서 시간의 흐름을 따르기로 했지요.

오사키 고전부 네 사람 중에서 가장 먼저 인물상이 정해진 건 누구죠?

요네자와 프로토 타입에서는 역시 오레키 호타로가 처음이고, 다음으로 지탄다 에루, 이바라 마야카, 후쿠베 사토시 순입니다. 주인공의 친구가 제일 마지막이에요. 지탄다가 세속적이지 않은 아이였기 때문에 그 부분을 보완할 세상사에 능통한 여자아이를 둬야겠다 싶어서 이바라가 먼저 나왔습니다.

오사키 호타로의 "안 해도 되는 일은 안 한다"나 지탄다의 "저, 신경 쓰여요", 사토시의 "데이터베이스는 결론을 내릴 수 없다" 등등 저마다 인상적인 대사가 있잖아요. 전 이바라가 처음에 도서실에서 호타로를 만났을 때 하는 "어라, 오레키잖아? 오랜만이야, 만나고 싶지 않았는데"라는 대사를 굉장히 좋아해요. 그걸로 이야기가 활기를 띠죠.

요네자와 어째서 이바라가 오레키를 멸시하는 듯한 그런 말을 했는지, 그 이유가 되는 과거의 사건을 이번 단편집에 실었습니다.

오사키 예, 두 번째로 수록된 「거울에는 비치지 않아」지요. 중학생 시절의 에피소드가 있어서 '어라, 중학교 때 호타로에게 여자 친구가 있었어? 그럴 리 없어!'라고 생각했어요(웃음). 읽다 보니 아, 그런 거구나 하고 이해했죠.

요네자와 후후후.

오사키 이 「거울에는 비치지 않아」와 「첩첩 산봉우리는 맑은가」가 재미있는 이유는 둘 다 자기 마음속의 인상을 수정하려는 이야기이기 때문이에요. 「거울에는 비치지 않아」는 이바라가 중학생 때 오레키를 오해했을지도 모른다는 생각에 진실을 조사하는 이야기고, 「첩첩 산봉우리는 맑은가」는 호타로가 선생님의 마음을 오해했을지도 모른다는 생각에 사실을 확인하죠. 나중에 그 오해를 누가 탓하지도 않을 텐데 자기 안에서 그 사람의 인상에 흠을 내는 게 불편한 거예요.

요네자와 깊이 의식하지는 않았지만 그런 공통점이 있었네요. 일단 타인에게 품어버린 '이런 사람이구나'라는 인상을 스스로 적극적으로 수정하는 건 사람에 대한 정과 관심이 없으면 좀처럼 어려울 거라는 생

오사키 고즈에

도쿄 출생. 2005년 『명탐정 홈즈걸』로 작가 데뷔. '홈즈걸' 시리즈 외에 출판사 센고쿠샤를 무대로 한 『프리티가 너무 많아』, 『클로버 레인』 등 책에 관한 많은 작품으로 독자들의 사랑을 받고 있다.

각은 했지만요.

오사키 이 작품집에는 이바라 시점의 단편이 하나 더 있죠. 「우리 전설의 책」은 이바라가 속한 만화 연구회 이야기인데요.

요네자와 마지막 단편 「이제 와서 날개라 해도」에서 이바라가 고민을 떨쳐내고 만화를 그리고 있기 때문에 거기에 이르는 조각을 그리려 했습니다. 이번에는 등장인물 한 사람 한 사람이 과거와 미래의 이야기를 하고 있어, 이바라도 그렇게 만들고 싶었어요.

오사키 마지막 표제작에서는 지탄다에게도 굉장한 시련이 오는데요.

요네자와 그건 처음부터 정해놨습니다. 지금까지 오르지 않아도 되었던 갈림길에 어느새 올라가 있다는 것을 깨닫는 이야기예요.

오사키 그다음이 신경 쓰이네요…….

요네자와 이 단편집 안에서 가장 미래의 이야기를 쓸까도 고민했지만, 아직 고등학교 2학년 여름방학을 쓰지 않아서 그 에피소드를 날리기가 아까웠거든요.

오사키 그렇다면 다음 구상은 이미 끝내두셨다는 뜻인가요?

요네자와 윽. 뭐, 어떻게 할까 고민은(웃음).

오사키 그나저나 이 시리즈는 요네자와 씨의 작품 중에서는 드물게 약간 연애 요소가 있는데요.

요네자와 어, 그런가요?

오사키 있어요! 옆에서 얼레리꼴레리 놀리고 싶다고요.

요네자와 뭐라고 대답해야 할지……. 아아, 부끄럽습니다.

오사키 아, 너무 놀리면 진행이 느려지려나. 끌리는 대로 써주세요.

현실에는 리얼리티가 없다?

요네자와 알겠습니다(웃음). 아까 대사에 대해 말씀하셨는데, 저는 오사키 씨의 '센고쿠샤' 시리즈 『스쿠프의 새싹』에 있던 "세상이 의외로 좋은 사람과, 사실은 좋은 사람과, 역시 좋은 사람들로만 이루어져 있다면 좋을 텐데"라는 말을 좋아합니다. '하지만 서글프게도 그렇지 않거든'이라는 마음이 이면에 숨어 있는 느낌이라.

오사키 어머나, 고마워요.

요네자와 '출판사 센고쿠샤' 시리즈는 취재를 상당히 많이 하고 쓰신 것 아닌지요? 그 자세를 배우고 싶습니다.

오사키 그런 편이죠. 하지만 예를 들어 『스쿠프의 새싹』에서 주간지 기자인 주인공이 취재지에서 돌아올 전철이 끊겨서 그 집에서 묵게 된다는 건 상상으로 썼어요. 그랬더니 나중에 "○○ 씨 일화를 들으신 거예요?"라는 질문을 받은 적도 있어요.

요네자와 엇! 그 이야기야말로 주간지 관계자를 취재한 줄 알았어요.

오사키 아니에요. 오히려 실존 인물을 모델로 쓴 게 '거짓말 같다'는 말을 듣곤 하잖아요.

요네자와 하긴. 저는 '현실은 소설보다 기묘하다'고는 생각하지 않아서 "현실은 리얼리티를 무시한다"고 말하곤 합니다. 「첩첩 산봉우리는 맑은가」에서 벼락을 세 번 맞은 선생님이 나오는데, 실화예요.

오사키 네?!

요네자와 이 시리즈는 제 학창 시절에 있었던 일을 떠올리며 미스터리로 쓸 수 있는 소재를 주워서 썼거든요.

오사키 그나저나 뒷이야기가 기대되는군요. 그전에 다른 작품 발표 예정도 있지 않나요?

요네자와 12월에 발매되는 《미스터리즈!》에 '소시민' 시리즈 단편이 실립니다. 오사키 씨는 어떠신가요?

오사키 저는 『책 버스 메구린』이라는 이동도서관 이야기가 11월에 도쿄소겐샤에서 나와요. 이동도서관이 시내 오피스 거리나 아파트 단지, 주택가 등 여러 곳을 찾아가는 연작 미스터리예요.

요네자와 올해 데뷔 10주년이시라고요.

오사키 요네자와 씨는 15주년이죠.

요네자와 앞으로도 자만하지 않고 좋은 작품을 쓰고 싶네요.

오사키 저도 한 작품씩, 이게 마지막일지도 모른다고 생각하면서 쓰고 있어요. 언제나 앞날을 예측할 수 없으니 항상 처음부터 깊이 고민해가며 쓰고 싶어요.

요네자와 이동도서관 이야기, 기대하고 있겠습니다. 오늘 말씀 고맙습니다.

요네자와 호노부에게 30가지 질문

작가 * 성우 * 만화가 편

《소설 야성시대》 2013년 11월 호 게재

작품을 대하는 자세부터 사적인 부분까지,
질문자의 개성이 빛나는 Q&A를 만끽하세요!

질문자

미치오 슈스케

작가. 2004년 『등의 눈』으로 제5회 호러 서스펜스 대상 특별상을 수상하며 데뷔. 2011년 『달과 게』로 나오키상 수상.

질문 01

기후의 좋은 점을 알려주세요.

대답

다른 곳과 비교해 특별히 좋은 점은 생각나지 않지만 맛있는 퓨전 중화요리점이 있습니다. 거기는 누구든 데려갈 수 있어요. 기후에 갈 일이 있으면 미리 연락 주세요.

질문 02

작가 데뷔로부터 지금까지, 스스로를 돌아보며 한 소절 읊어주세요.

대답

한 소절? 그렇게 어려운 부탁을. 서투니까 질문을 보고 바로 떠오른 시조로 그냥 봐주세요.

어라 괜찮네 어젯밤 먹었는데 복어 된장국*

오늘은 괜찮아도 내일은 어떨지 모르지만요.

질문 03

좋아하는 장편소설 제목을 알 수 있는 심리 테스트입니다.

당신은 강가에 홀로 서 있습니다. 눈앞에는 한 사람만 탈 수 있는 보트가 한 척 있습니다. 맞은편 강가를 보니 거기에는 무서운 늑대와 아름다운 여성, 집오리

* 전날 복어를 먹고 잤는데 무사히 눈 뜬 것에 대한 안도를 표현한 바쇼의 풍자시.

가 있습니다. 늑대는 당장이라도 여성에게 달려들려 하고 여성은 재빨리 집오리를 붙잡아 늑대의 입에 쑤셔 넣으려 합니다. 그때 당신은 발밑에 떨어져 있는 한 권의 책을 발견합니다. 펼쳐보니 아무래도 장편소설 같습니다. 게다가 세상에나, 당신이 굉장히 좋아하는 장편이었습니다. 그 소설의 제목은 무엇입니까?

대답

『섀도우』려나?

질문 04

좋아하는 여성의 타입을 알 수 있는 심리 테스트입니다.

당신은 산꼭대기에 홀로 서 있습니다. 문득 고개를 드니 저 멀리 컬러풀한 열기구가 보입니다. 열기구에는 개, 원숭이, 꿩이 타고 있는 것 같습니다. 당신은 큰 소리로 그중 한 동물을 부릅니다. 상대는 뭐라고 대답하지만 잘 들리지 않습니다. 열기구는 점점 당신 쪽으로 다가옵니다. 상대의 모습이 똑똑히 보일 정도로 가까워졌을 때, 당신은 다시 한번 개 혹은 원숭이 혹은 꿩을 부릅니다. 어떤 여성을 좋아하십니까?

대답

OK, 알겠어요. 이번에는 천천히 이야기해볼까요? 개와 원숭이와 꿩도 이 자리에 불러서, 단, 녹음기는 빼고.

질문자

쓰지무라 미즈키

작가. 2004년 『차가운 학교의 시간은 멈춘다』로 제31회 메피스토상을 수상하며 데뷔. 2012년 『열쇠 없는 꿈을 꾸다』로 나오키상 수상.

촬영 © 시부야 다카히루

질문 05

이사할 때나 수상할 때나, 여러 경사 때마다 카스텔라나 도라야키 등 명과를 선물해주시는 요네자와 씨. 그런 요네자와 씨가 사랑하는 지방 특산 명과 베스트 1은 무엇인가요?

대답

구리킨톤……이 가장 먼저 떠올랐지만 요즘 핫텐도의 크림빵이 맛있어요. 드셔보셨어요?

질문 06

그럼 그런 요네자와 씨가 추천하는 관광지 베스트 1은?

대답

흔해서 부끄럽지만 후시미이나리를 정상까지 올라가본 적 없는 분은 가보시라고 권하고 싶습니다.

질문 07

타인을 안쪽에 들이는 껍질이 극단적으로 두꺼워, 그런 점마저 우리 눈에는 매력적으로 보이는 요네자와 씨. 저는 요네자와 씨를 친구라고 생각하는데 요네자와 씨도 저를 그렇게 생각해준다고 가정하고, 언제부터 절 친구로 받아들여 주셨나요? (이번에 이 질문 의뢰가 와서 저는 지금도 기쁩니다.)

대답

무, 무슨 말씀을! 그렇지 않습니다. 아마도 쓰지무라 씨도 계셨던 무슨 자리에서 대여섯 분이 연속으로 "요네자와한테는 거리가 느껴진다"는 말씀을 하신 적이 있는데 정말 억울해요! 벌써 8년이나 지났지만 가사이 기요시, 기타야마 다케쿠니, 쓰지무라 미즈키, 저, 이렇게 넷이서 대담을 했는데 그게 첫 만남이었을까요. 그때는 사실 '일 때문에 동석한 분'이라는 인상이었지만 그러는 사이 차차로 가까워졌지요. 오히려 평소에는 집에만 틀어박혀 있거나 혼자 돌아다니는 저를 걱정해주시니 저야말로 기쁘답니다.

질문 08

견실해 보이는 요네자와 씨가 지금까지 해본 가장 '대담한' 쇼핑 목록을 알려주세요.

대답

아메리칸 드림 펀드…….

질문 09

후지코 F. 후지오 씨의 만화 『도라에몽』에서 갖고 싶은 도구를 두 가지 알려주세요.

대답

사용법에 따라 무슨 소원이든 이룰 수 있는 범용성이 높은 도구는 반칙이겠지요. 타임머신이나 만약에 박스, 거짓말 800 같은 건 자제하기로 하고……. 아, 하지만 이거 욕망이 너무 드러나는데. 무서운 질문이네. 으음, 타임 보자기하고 적응 총으로 즐겁게 살아보겠습니다(적응 총은 냉난방도 조절해주는 거죠?).

질문자

다니가와 나가루

작가. 2003년 『스즈미야 하루히의 우울』로 제8회 스니커 대상 '대상'을 수상하며 데뷔. 그 외 저서로 『학교를 나가자!』

질문 10

미스터리 부분은 차치하고 순수하게 문장으로 봤을 때, 내가 쓰는 소설의 문체는 이분들에게 영향을 받았다고 생각하는 작가가 있으면 전부 알려주세요.

대답

아와사카 쓰마오. 다만 그 담백한 경지에 이르려면 아직 멀었습니다. 등장인물 누구 하나도 지문에 속마음이 적혀 있지 않은데 심경이 강렬하게 전해져 오다니 무서운 능력이에요. 그런 의미에서는 영향을 받았다기보다 동경하고 있는 건지도 모르겠습니다.

렌조 미키히코의 문장에서 배우려고 필사를 한 적도 있는데 도저히 안 되겠더라고요. 히사오 주란이나 야마다 후타로의 문장도 읽을 때마다 직접 써보고 싶어지지만 이것도 불가능하죠. 소양의 문제는 차치하고도 타입이 다르니까요.

의외로 이 사람하고 문체가 비슷하다고 생각한 작가가 생각났는데, 언급하는 것도 송구스러우니 언젠가 어디서 살짝 얘기하겠습니다. 문체라는 건 재미있어요. 질리지 않습니다.

질문 11

철이 들고 나서 지금까지 많은 책을 읽으셨을 텐데요. 그중에서 진심으로 웃었던, 특별히 유쾌한 소설 베스트 3 혹은 5를 알려주시겠습니까? 물론 꼭 미스터리가 아니라도 괜찮습니다.

대답

어렸을 때는 별것도 아닌 일에도 잘 웃었는데, 지금도 과연 재미있다고 생각할지……. 말이 심한가요. 사실 그전에 제목이 기억나지 않습니다.

웃기는 얘기 중에 한 가지 기억하고 있는 게, 교정에 관한 이야기인데 사르트

르가 사루(원숭이)로 바뀐 이야기였어요. 뭐에서 읽었는지 기억은 안 나는데 요전에 읽은 『증보판 오탈자 독본』에도 실려 있어서 그리워졌네요.
미스터리가 아니어도 된다고 하셨지만 결국 미스터리를 들게 되네요. 앤서니 버클리의 『최상층의 살인』. 앤서니 버클리는 이따금 '미스터리를 너무 많이 읽은 사람'을 놀리는 작품을 쓰는데 『최상층의 살인』이 제일 재미있었습니다.
플롯으로 웃은 게 피에르 시니악 『토끼 요리는 살인의 맛』. 어떤 문장이나 장면이 아니라 플롯 자체가 개그 소재라는 게 굉장해요. 등장인물들이 누구 하나 멈출 줄을 몰라요. 후반은 웃음을 멈추질 못했네요.
그리고 요즘 나온 책에서는 H.G. 웰스의 『도둑맞은 세균/처음 타는 비행기』도 웃겼어요. 세태를 풍자하려다가 오히려 가식적으로 보이는 작품도 많은데, 이건 진짜 순수하게 재미있었던 기억이 납니다.

질문 12
저는 존 딕슨 카가 지금 살아 있다면 최첨단 과학을 응용한 기상천외한 밀실 트릭을 잔뜩 만들어내지 않을까 하는 망상을 가끔 하는데요, 만약 요네자와 씨가 고인이 된 미스터리 작가를 한 명 되살릴 수 있고 그 작가가 뭔가 한 권 써준다면 누구의 영혼을 소환하고 싶나요? 그 이유도 함께 말씀해주세요.
대답
그러네요, 존 딕슨 카라면 역사학의 발전을 어떻게 담아낼지 한번 보고 싶네요.
이 질문을 곰곰이 생각해봤는데, 생각하면 할수록 천수를 누리면서 평생 글을 쓴 작가의 영혼을 불러내도 "기다리고 있었습니다" 하고 한 권이 툭 나올 것 같지는 않아요. 그렇다면 요절한 작가를 부르고 싶네요. 고인께는 민폐일지도 모르지만…….
그런 생각으로 머릿속에 떠오른 게 와타나베 온과 기타모리 고였습니다.

질문 13
소위 말하는 '최후의 일격'을 중시한 작품을 많이 쓰셨는데, 그 일격을 효과적으로 작동시키기 위해 필요한 건 무엇이라고 생각하십니까? 플롯, 트릭, 로직, 연출, 의외성, 그 외 다양한 구성 요소가 존재할 텐데 대략적인 비율을 대충이라도 괜찮으니 알려주세요. 예를 들면 아이디어 60%, 논리성 30%, 필력 10%, 이런 식으로 부탁드립니다.

대답

전제부터 뒤엎는 것 같아 죄송한데 사실 '최후의 일격'은 별로 중시하지 않습니다. 서프라이즈만 중시하는 건 소설을 깜짝 상자로 만들어버리거든요. 서프라이즈가 전혀 없는 것도 미스터리로는 밋밋하지만. '최후의 일격' 같은 작품이 많다고 느껴진다면 써야 할 부분을 다 썼으면 얼른 막을 내리는 느낌을 좋아해서 그런 것 같습니다.

질문으로 돌아가서, 그 답을 최근 아야쓰지 유키토 선생님께 들은 바람에 그만 영향을 받게 되네요. 이른바 그런 기분으로 만드는 것. 그러면 미스터리에 익숙해져서 누가 범인이라도 놀라지 않을 독자에게도 강한 인상을 줄 수 있습니다. 탁월한 의견이라고 생각했지요.

질문 14

미스터리 소설을 읽으면 읽을수록 평범한 본격 미스터리로는 성이 안 차서, 조금 더 뜻밖의 범인이나 조금 더 복잡한 로직, 조금 더 엉뚱한 트릭처럼 더 큰 자극을 추구하다가 결국 변격이나 메타, 안티 미스터리라는 극약에 이르고 다시 한 바퀴 돌아와서 전형적인 본격으로 회귀하는 루트를 되풀이하고 있다는 생각이 드는데, 앞으로 미스터리라는 장르 자체가 극적으로 변질할 가능성은 있을까요?

대답

아차, 위 질문에서 살짝 대답해버렸네요. 미스터리의 질적인 변화는 글쎄요. 국소적으로는 변하겠지요. 아무도 생각하지 못했던 스타일을 분명 누군가가 가지고 나올 거예요. 하지만 그건 일시적인 무브먼트는 될 수 있어도, 미스터리 전체를 뿌리부터 바꿀 수는 없을 겁니다.

참신한 스타일은 미스터리를 읽고 있다는 것을 전제로 독자와의 공범 관계 속에서 나와야 하지 않을까요? 개인적으로는 그런 것도 재미있다고 생각하고, 실제로 쓴 적도 있습니다('참신한' 게 아니라 '독자와의 공범 관계' 쪽). 하지만 역시 그건 메인이 아니에요. 바탕이 탄탄하기 때문에 이따금 나올 수 있는 '알면서' 즐기는 변형이지요.

저는 미스터리도 역시 소설이길 바란다고 할까, 미스터리 작법을 사용하면서도 소설로 완성시켜야 마땅하다고 생각합니다. 그러기 위해서는 독자에게 '미스터리는 이런 느낌이지'라는 전제를 요구하는 건 (좋아하지만) 정당하지는 않아요. 그러니 미스터리가 내적으로 변화를 거듭한 끝에 극적으로 변질하는 미래는 원하지 않는 거겠지요.
어라. 변질할 가능성이 있는지 없는지 여쭤보셨는데, 변질의 추구 여부를 쓴 것 같네요. 죄송합니다.

질문 15
질문은 아니고 의논을 드리고 싶습니다. 나이가 들수록 성선설만 신봉해서는 살아가기 힘든 세상이라는 걸 깨닫고 있는데, 뭔가 태평하게 살아갈 수 있는 비결을 알고 계신다면 부디 알려주세요. 물론 요네자와 씨는 절대 태평한 타입이 아니겠지만.
대답
어차피 모두 죽는다, 이거면 되지 않겠어요? 안 되려나?

질문자

가토 쇼지

TV 애니메이션으로 제작된 〈빙과〉 시리즈 구성을 담당. 그 밖에 〈풀메탈 패닉〉이나 〈스즈미야 하루히의 우울〉에서 각본을 맡았다.

촬영 © 혼고 유지

질문 16

오랜만입니다! 그나저나 애니메이션 〈빙과〉에서 지탄다 에루를 글래머로 만든 주범은 바로 전데, 솔직히 어떻게 생각하셨습니까? 원망하십니까? 그 정도는 아닙니까? 부디 알려주세요. 답변에 따라서는 '요네자와는 글래머를 좋아한다(혹은 그 반대)'고 소문을 낼 수도 있습니다.

대답

설정상의 문제로 이바라 마야카의 방향성이 정해져 있기 때문에 그 대비로 지탄다가 그렇게 된 건 제작 논리를 따른 거라고 이해하고 있습니다.

질문 17

실례가 많았습니다. 그건 그렇고 요즘 어떠신가요? 건강하십니까? 뭔가 짜증 나는 일은 없었나요?

대답

건강하긴 한데 8월 말부터 온갖 일들이 원활하게 풀리지 않는 리듬에 빠진 기분이에요. PDF로 교정지가 도착하면 프린터가 고장 나고, 도착한 이메일에는 첨부 파일이 없고, FAX로 보낸 서류는 재확인이 필요하고, 교정지를 회신하려고 봉투에 넣으면 풀이 안 보이고, 카페오레를 마시려고 했는데 요구르트만 있고 우유는 없고.

일일이 자잘한 '재작업'을 해야 하는 패턴이 많아서 "OK입니다"라는 한마디로 일이 끝나는 꿈을 꿉니다. 아마 세부적인 실무 처리가 조금 해이해진 거겠지만요.

질문 18

그건 짜증 나겠네요. 그러고 보니 요네자와 씨 트위터 아이콘이 너구리던데요. 그건 뭔가 유래가 있는 건가요?

대답

네? 새인데요…….

아니! 그거로군요, 사슴을 가리켜 말이라고 하는 그 고사죠! 사슴이라고 말하는 사람을 죽이려는 거죠! 맞아요, 너구리입니다! 이유는 너구리를 좋아하니까!

질문 19

그렇군요, 고맙습니다. 그리고 작년에 대사 녹음을 마치고 자주 지나가던 요쓰야 교차점의 다코야키 가게 긴다코가 문을 닫은 모양이더라고요. 슬픈 일이에요. 긴다코에 한 말씀 부탁드립니다.

대답

녹음을 더운 시기에 했으니 요쓰야 긴다코에서 다코야키를 사 먹은 적은 없었네요……. 추울 때였으면 단골이 되었을 텐데!

튀긴 것처럼 바삭거리는 긴다코 다코야키의 껍질을 싫어하는 사람도 있지만 저는 좋아합니다. 물론 부드러운 것도 좋아하고요. 육수에 담아낸 것도 좋아해요. 소스 맛도 간장 맛도 좋아합니다. 파래김이 있으나 없으나 좋아합니다.

좋아합니다.

질문 20

으음, 수고하셨습니다. 또 가도카와 사은회에서라도 느긋하게 이야기 나누시죠.

대답

예. 처음 만났을 때 말씀드린 단편집을 가져갈 테니 사인 좀 해주세요.

알잖아요, 그거 말이에요.

질문자

사토 사토미

성우. TV애니메이션 〈빙과〉에서 지탄다 에루 역을 열연.
〈케이온〉의 다이나카 리쓰 역 등 폭넓게 활약하고 있다.

질문 21

『빙과』라는 작품이 탄생한 경위를 알려주세요. (언제, 어떤 식으로, 무엇을 할 때 떠올랐는지 등등)

대답

학창 시절에 쓰던 습작이 바탕이 되었습니다.
'일상의 수수께끼'라는 미스터리 작법을 만난 후 문득 직접 써보고 싶어져서, 대학생이 주인공인 단편을 몇 개 썼어요. 체질에 맞는 것 같아 그걸 투고하고 싶었죠. 그때 생각하는 바가 있어 설정을 대학생에서 고등학생으로 바꿔『빙과』가 되었습니다.

질문 22

TV 애니메이션 〈빙과〉를 본 솔직한 감상이나 인상에 남는 장면이 있으면 말씀해주세요.

대답

저는 소설을 쓸 때 등장인물들의 얼굴을 명확하게 상상하지는 않고 실루엣으로 떠올릴 때가 많아서 애니메이션에서 등장인물들의 모습을 보면 스스로도 뜻밖일 정도로 깜짝 놀랍니다.
인상에 남는달까, 좋아하는 이야기는「기억이 있는 자는」과「첩첩 산봉우리는 맑은가」입니다. 전자는 원래 밀실 추리극을 좋아하기도 해서 저도 흥미롭게 봤습니다. 후자는 원작이 짧아서 시간에 여유가 있어서 그런지 감정 표현이 다른 것보다 더 섬세했던 것으로 기억합니다.

질문 23

선생님께 지탄다 에루라는 소녀는 어떤 존재인가요?
저, 신경 쓰여요!

대답

아하하, 작업 회의 같은 데서 "그건 신경 쓰이네요"라고 말하면 그냥 평범한 말인데도 상대가 "지탄다인가요?"라고 묻는 경우가 많아졌어요. 저도 그러니 사토 씨는 더 그럴지도 모르겠네요.
지탄다는 지금 세상에 나와 있는 제 작품들 중에서는 가장 인연이 오래된 등장인물입니다. 하지만 솔직히 아직도 파악하지 못한 부분이 있어요. 지탄다가 무엇에 기뻐하고, 무엇에 슬퍼하는지는 대충 알겠는데, 그 안에 있는 마음을 어떻게 해석해야 할지, 사실 전부 이해하지는 못한 것 같습니다.
이건 분명 '고전부' 소설을 거의 오레키 시점으로 쓰고 있어서 그럴 거예요. 오레키에게 지탄다는 아직 수수께끼의 존재니까요.

질문 24

본인을 동물에 비유한다면 뭐라고 생각하시나요?

대답

으으음. 여우나 너구리처럼 사람을 속일 수 있으면 재밌겠다는 생각은 해본 적이 있습니다. 고양이하고는 싫어하는 게 한 가지 겹쳐요.

질문 25

선생님이 좋아하는 장소를 알려주세요(구체적인 지명, 가게 이름이라도, 이런 분위기를 좋아한다는 정보든 뭐든 상관없습니다!).

대답

문화가 켜켜이 쌓인 느낌의 장소를 좋아합니다. 말로 하기는 어렵지만 사람들이 몇백 년을 살면서 여기저기 조금씩 다듬어간 경치를 보면 기분이 좋아져요. 그리고 서양식 건물. 아니, 일본풍 건축도 좋아하는데……. 좋아하는 건 많습니다.

질
문
자

TASKOHNA

만화가.
《월간 소년 에이스》에서 『빙과』 만화를 연재중.

질문 26

인간을 제외하고 좋아하는 생물은 무엇입니까?
또 반려동물은 키우시는지요?

대답

반려동물은 없습니다. 옛날 집에는 문조가 있었어요.
좋아하는 생물은…… 생각이 나지 않는군요. 동물이 별로 없는 환경에서 살아왔던 것 같습니다.

질문 27

이야기를 만들어낼 때 문장이 떠오르나요?
아니면 영상이 떠오르나요?

대답

이건 확실합니다. 문장입니다.
문장부터 만들고 지나침이나 모자람이 없는지 모순은 없는지 영상을 확인하는 식입니다.

질문 28

언젠가 가보고 싶은 장소는 어디입니까?

대답

돗토리의 나게이레도 불당. 야나가와의 오하나 정원. 에히메의 히지카와 강물 안개도 보고 싶어요.
가본 곳보다 가고 싶은 곳이 빨리 늘고 있어 계속 쌓여만 가네요.

질문 29

집필이 잘되지 않을 때 꼭 하는 행동이나 기분 전환법이 있다면 알려주세요.

대답

밤 산책입니다. 범인은…… 범행 순서는…… 그런 위험한 생각을 하면서 터덜터덜 걷습니다.

질문 30

좋아하는 역사 인물 베스트 3를 알려주세요.

대답

으으음. 이건 어렵네요. 좋아하는 것과는 조금 다를지도 모르지만 지금 관심이 가는 인물을 말씀드릴게요.

슌칸*, 우키타 히데이에**, 스토쿠인***

* 헤이안 시대 후기의 승려로 당시의 권세가 다이라 기요모리 타도 음모를 꾸미다 발각되어 유배당했다.

** 도요토미 히데요시가 총애했던 무장.

*** 일본의 75대 천황, 1156년 당시 77대 천황이었던 고시라카와를 상대로 일으킨 호겐의 난에서 패하고 유배당했다.

Top Secret
'고전부' 사전

시리즈 여섯 번째 작품까지, 알차게 구축된 '고전부'의 세계.

생생하게 살아 움직이는 이야기를 살펴보기 위해,

고전부의 아버지 요네자와 선생님도 참조하는

집필 자료를 최초로 공개!

네 개의 카테고리로 발췌해 소개합니다.

→ 스포일러에 주의해주세요! ←

Top Secret

글 야기무라 미야코

· 동아리 ·

동아리 활동

가미야마 고등학교 학생들이 방과 후에 하는 클럽 활동.
가미야마 고등학교에는 전통적으로 문예계 특활이 활발해 그 수만 50개가 넘는다.
활동 시간은 주로 방과 후. 두 개까지 중복 가입할 수 있다. 가입, 탈퇴는 언제든지 가능. 다만 가입할 때는 임시 가입과 정식 가입의 2단계를 거치는 구조이다.
임시 가입 후 정식 가입 신청서를 제출하지 않으면 자동으로 탈퇴 처리된다.

01 아카펠라부

가미야마 시 행사에도 종종 초청받을 정도의 실력을 자랑한다. 2000년도 동아리실은 특별동 4층에 있었지만 연습은 통상적으로 안마당에서 한다. 여름 방학중에도 가미야마 고등학교 중정에서 연습해 합창부와 함께 노래 시합처럼 목청을 돋우었다. 문화제에서 아카펠라부가 가져온 '아쿠아리우스' 페트병이 하나 사라지면서 괴도 '십문자'의 연쇄 도난 사건의 막이 올랐다. "(학교 건물로 둘러싸인 안마당에서 노래하는 건) 음향 효과를 계산한 건지 신경 쓰여요." (지탄다 왈)

02 바둑부

다니 고레유키가 부원으로 있다. 가미야마 고등학교 문화제에서는 제2예비교실에서 초심자 강좌를 개최. 문화제 첫날, 괴도 '십문자'에게 바둑알(돌)을 도둑맞았다. 동아리 활동 권유 오리엔테이션에서는 체육관 무대에서 바둑을 두었는데 대형 바둑판을 준비하지 않아 보는 사람들은 돌을 어디에 놓았는지 알 수가 없어 시간이 얼어붙은 것 같아 민망했다는 목격담도.

03 점술 연구회

부장 겸 부원은 주몬지 가호. 약칭은 '점술연'. 문화제에서는 텐트 안에서 수정구슬, 댓살, 트럼프, 커피를 이용해 점을 치는데 괴도 '십문자'에게 타로 카드 'Wheel of Fortune(운명의 수레바퀴)'을 도둑맞았다. 동아리 가입 권유 오리엔테이션에서는 주몬지 가호가 카발라 역사를 해설하는 권유 활동을 펼쳤다.

04 원예부

문화제에서는 군고구마를 만들었다. 불을 쓰는 작업이라 소화용으로 물총을 준비했다. 2학년 부원이 소지하고 있던 소총형 물총은 메인이 카라시니코프(AK), 사이드가 글록17. 문화제 둘째 날에 글록17은 오레키 호타로가 넘

겨받지만 AK는 괴도 '십문자'에게 도둑맞는다.

05 주술 동호회

점술 연구회보다 인기가 많다.

06 조리 연구회

동아리실은 조리 실습실. 약칭은 '조리연'. 불상사로 '요리 연구회'가 폐부된 후 '조리 연구회'로 이름을 바꿔 새로 출발했다. 문화제 둘째 날, 운동장에서 요리 대결 이벤트 '와일드파이어'를 개최. 하지만 이벤트 직전에 괴도 '십문자'에게 국자를 도둑맞은 사실을 이바라의 지적으로 알아차린다. 4월의 동아리 권유 오리엔테이션에서는 신칸제 때 산나물 요리를 차려주겠다고 홍보.

07 벽신문부

동아리실은 특별동 3층 생물 교실과 그 옆 생물자료실. 부장은 도가이토 마사시. 활동 내용은 가미야마 고등학교의 세 가지 신문(《가미 고 월보》, 《가미 고 학생회 신문》, 《청류》) 중에서 가장 오랜 역사를 가진 《가미 고 월보》 작성. 《가미 고 월보》는 8월과 12월을 제외한 월간으로 2000년 7월 현재 제400호 발행을 앞두고 있다. 현존하는 백넘버는 전체의 절반 정도로, 보존 장소는 도서실 서고. 게시 장소는 계단 앞.
문화제 기간 중에는 두 시간에 한 번 호외를 발행해 교내 모든 게시판에 붙였다. 기사로 다루는 소재는 미리 정하지만 문화제 둘째 날 낮부터는 지면에 다소 여유가 있다. 부원은 전부 휴대전화를 소지하고 있다. 문화제 둘째 날, 부원들이 취재로 모두 동아리실을 비운 틈에 괴도 '십문자'에게 커터나이프를 도둑맞는다.

08 마술부

부장은 다야마 가즈야. 부원으로 다카무라 요이치와 나가이 가오리가 있다. 문화제에서는 첫째 날 11:30부터 체육관에서 무대 공연, 그후 2학년 D반 교실에서 클로즈업 공연. 교실 상연 프로그램은 〈리빙데드〉(좀비 볼)⇨〈일곱 색깔 링크〉(링킹 링)⇨〈신출귀몰〉⇨〈클로즈업 카드 매직〉⇨〈밥공기와 구슬〉(컵 앤 볼). 둘째 날 14:30부터 마술부 제5회 공연에서 괴도 '십문자'에게 양초(캔들)를 도둑맞는다.

09 퀴즈 연구회

문화제 첫날, 13:00부터 운동장 조회대 앞에서 참가자 100명이 넘는 대규모 퀴즈 대회 '퀴즈 트라이얼 7'을 개최. 부장은 버벅거렸지만 사회를 맡은 여학생 부원은 또렷한 발음과 적절한 애드리브로 훌륭한 진행 솜씨를 보였다.

10 글로벌 액트 클럽

국제 자원봉사 클럽. 주요 활동 내용은 헌 옷 기부 등. 문화제에서는 3학년 E반에서 민속 요리 재현에 관한 패널 전시를 개최. 총무 위원회에는 알리지 않고 옥수수 빵을 실제로 만들어 방문객들에게 나누어주었다.

11 경음악부

2000년도 동아리실은 특별동 4층. 홀을 빌려 라이브를 개최하기도. 여름방학 동안 연습했던 곡은 〈The March of The Black Queen〉. 문화제에서는 사흘간 격투기 훈련장을 빌려 연주했다.

12 공작부

밸런타인데이 방과 후, 1학년 부원이 게시판에 '공작부 졸업 작품전 장소: 통신제 1-C 교실' 포스터를 붙이려 했다.

13 고전부

30년 넘게 이어져온 동아리로 문집은 1967년 창간한 《빙과》. 3년 연속 가입자가 없어 2000년 3월 졸업식 이후 일단 폐부 위기에 빠졌지만 4월에 입학한 1학년을 부원으로 맞이하는 데 성공, 정식 동아리로 부활했다. 동아리실은 생물 교실을 썼던 적도 있지만 1999년 교체되어 지학 교실로 변경. 부원은 오레키 호타로, 지탄다 에루(부장), 후쿠베 사토시, 이바라 마야카 4명. 고문은 오이데 선생님. 졸업 선배인 오레키 도모에의 말에 따르면 "고전부의 가미야마 고등학교 문화제는 트러블 없이는 끝나지 않는다"는 전통이 있다. 실제로 2000년도 문화제에서는 문집 《빙과》를 실수로 너무 많이 인쇄하고 말았다. 문화제 마지막 날 오후, 괴도 '십문자'에게 교료 원고를 도둑맞는다. 동아리 활동 오리엔테이션에서는 후쿠베 사토시가 체육관 무대에서 고전부를 홍보, 신간제에서는 지탄다 에루와 오레키 호타로가 앞마당 17번 테이블에서 홍보했다. 2001년, 오히나타 도모코가 임시 가입했다.

14 사진부

동아리실은 화학 준비실로 암실이 딸려 있다. 도바 아사미가 부원으로 있다. 문화제에서는 3학년 G반 교실에서 전시회를 했다.

15 수예부

후쿠베 사토시가 부원으로 있다. 게시판에 붙인 신입생 모집 포스터는 원형으로, "수예부에 들어오지 않겠습니까?"라는 심플한 모집 광고 밑에 뜨개질을 하는 판다 자수가 들어간 천이 붙어 있어 지탄다 에루가 좋아했다.

16 제과 연구회

문화제에서는 조리 실습실 앞에서 과자를 파는 게 기본 활동. 호박 모자를 뒤집어쓰고 하얀 천을 두르고 과자를 넣은 바구니를 들고 방문 판매도 한다. 판매용 과자는 쿠키, 비스킷, 슈크림. 비스킷은 한 봉지 100엔. 문화제 둘째 날에 고전부 동아리실을 찾아와 비스킷 두 봉지와 밀가루, 물총과 《빙과》를 물물교환. 신간제에서는 고전부의 바로 앞자리에서 쿠키와 홍차를 나눠주며 부원들을 모집했다.

17 천문부

부원으로 사와키구치 미사키가 있다. 동아리실은 특별동 4층 제5 선택 교실(교실 하나를 사이에 두고 고전부와 나란히 위치). 문화제 둘째 날에는 조리 연구회가 주최한 이벤트 '와일드파이어'에 '팀 천문부'로 출전. 심사위원을 맡았던 조리 연구회 부원들에 따르면 그 아방가르드한 음식 맛은 "저세상이 보였습니다". 밸런타인데이 방과 후에는 동아리실에 있던 다섯 명끼리 TRPG를 했다. 신칸제에서는 지나가는 1학년에게 적극적으로 말을 걸었다. 모집 캐치 프레이즈는 "천문부, 천문부는 이쪽! 별은 좋아하냐! 러브 플래닛! 단 기본적으로 하늘은 안 본다".

18 피아노부

다마루 준코가 부장 겸 부원. 문화제에서는 『간야제 100배 즐기기』 책자의 참가 단체에 실려 있지 않았다. 폐부 가능성도?

19 복장 연구회

약칭은 '복장연'. 문화제에서는 복장실에서 쇼를 개최해, 모델을 모집한 첫날에 남자 부원이 고전부 동아리실에서 《빙과》를 한 권 구입. 그때 오레키 호타로가 들고 있던 망가진 만년필과 패션쇼 우대권을 물물교환했다.

20 방송부

부장은 요시노 야스쿠니. 문화제에서는 첫날부터 마지막 날까지 사흘 동안 매일 12:30부터 최신 정보를 교내 라디오로 소개. 퀴즈 연구회 이벤트 '퀴즈 트라이얼 7' 소개, 조리 연구회 이벤트 '와일드파이어'에 대한 부장 인터뷰, 괴도 '십문자' 사건에 대한 고전부 부장 지탄다 에루 인터뷰 등을 방송했다.

21 만화 연구회

동아리실은 일반동 2층 제1 예비 교실. 부장은 유아사 쇼코→하니 마키. 부원으로 고치 아야코, 이바라 마야카가 있다. 부원 수는 20명에 조금 못 미치고 여자가 많다. 문화제에서는 고금의 만화 100편의 리뷰를 실은 문집 《제아미즈》를 판매. 부원들이 직접 만든 작품은 무료 배포. 고치 아야코의 제안으로 판매와 호객으로 동아리실에 계속 있는 부원(5명 정도)은 코스프레를 했다(총무 위원회에는 사전에 사복 등교 허가 신청서 제출). 첫날 오후, '소녀의 싸움 in 만연 MANHWA론 열혈 토론(강시 vs 양성체)'이라는 이름의 고치 아야코와 이바라 마야카의 토론 대결을 현장 개최. 둘째 날에는 〈초스피드! 포스터 작성 서바이벌 만화 연구회가 자랑하는 두 장인의 경연(초능력자 vs 퓨마)〉라는 제목의 포스터 작성 시연. 이바라 마야카가 펜 선을 넣고 고치 아야코가 컬러링, 그 외 몇 명이 책받침 부채질로 말려서 오전 시간 거의 두 시간 반 만에 전신상 다섯 장, 두상 여덟 장을 완성했다. 2월경 약간의 내분 상태. 잠재적이었던 대립이 문화제 이후 두드러져 인상파와 이론파 둘로 나뉘어 주도권을 놓고 다투고 있다.

22 야구부

연습 장소는 운동장. 약체라고 한다.

23 라쿠고 연구회

라쿠고는 연구하지 않고 만담이나 콩트를 하고 있다. 문화제에서는 첫째 날 9:00부터 체육관 무대에서 만담 공연을 선보였다. 초밥을 다 먹고 돌아가려는데 형이 차를 출발시키지 않는 이유는……이라는 이야기에서 웃음 내성이 저하된 후쿠베 사토시가 폭소를 터뜨렸다.

· 음식 ·

24 분홍 새우 회

지탄다 에루가 문화제 이벤트 '와일드 파이어'에서 만든 요리. 분홍 새우의 대가리를 떼고 껍질을 벗긴다. 밑에 깔 무채와 와사비 간장을 만들면 완성.

25 감주

정월에 아레쿠스 신사 경내에서 나눠주는 음료. 술지게미를 녹이고 단맛을 가미한다. 밤에 신사 아르바이트생이 냄비를 엎어버려서 새로 만들어야 했다.

26 양하 피클 무쌈말이

지탄다 에루가 문화제 이벤트 '와일드 파이어'에서 만든 요리. 얇게 돌려 깎은 무로 대파의 파란 부분과 양하 피클을 감싼 음식. 후쿠베 사토시와 교대한 다음 가장 먼저 만들어 2분 만에 완성했다.

27 감자떡

지탄다 에루가 문화제 이벤트 '와일드 파이어'에서 만든 요리. 껍질을 벗기고 큼직하게 썬 감자를 삶아 녹말가루와 함께 절구로 찧는다. 행주로 싸서 한입 크기로 쥐어 삶으면 완성. 간장을 찍어 먹는다. 식어도 맛있다. 후쿠베 사토시가 좋아하는 요리.

28 위스키 봉봉

근사한 상자에 든 과자. 지탄다가가 예전에 백중 선물을 주문했던 과자 가게에서 보내준 신제품 샘플(지탄다가에서는 과자를 잘 먹지 않아 지탄다 에루가 고전부에 가져왔다). 비교적 큼직한 봉봉이 포장지에 싸인 상태로 스무 개 정도 들어 있다. 깨물면 아몬드와 위스키 향이 진하게 풍긴다. 먹은 개수는 오레키 호타로 2개, 지탄다 에루 7개, 후쿠베 사토시 2개, 이바라 마야카 1개. 다 먹은 뒤에 지탄다는 취해서 호들갑을 떨다가 얼마 지나 갑자기 비틀거리다 근처의 책상에 엎드려 잠들었다. 이튿날에는 숙취로 고전부에 나오지 못했다.

29 비엔나 코코아

카페 '파인애플 샌드'에서 지탄다 에루가 주문한 음료. 오레키 호타로는 산더미처럼 얹힌 생크림을 보고 지탄다 에루는 단것을 좋아하는 게 아닐까 의문을 품는다.

30 원난차

오레키 호타로가 찻집 '히후미'에서 주문한 음료.

31 초밥

(1) 문화제에서 라쿠고 연구회가 선보인 만담 소재. 형과 초밥집에서 초밥을 먹고 돌아가려고 차에 탔는데 형은 차를 출발시키지 않는다. 그 이유는…… 이라는 이야기.
(2) 문화제 종료 후 고전부 뒤풀이에서 언급. 폐회식 종료 후, 고전부 동아리실(지학 교실)에 모인 고전부원 네 명이 문화제 종료와 문집《빙과》완판을 기념하며 뒤풀이를 하기로 결정한다. 자기 집에 모두 초대하겠다고 말한 지탄다 에루가 초밥 주문도 제안.

32 주먹밥

(1) 문집《빙과》편집 회의를 마치고 고전부 동아리실에서 후쿠베 사토시가 먹었다.
(2) 여름방학, 이리스 후유미와 만나기로 한 약속 시간 직전에 고전부 동아리실에서 오레키 호타로가 모시조개 조림 주먹밥 하나를 황급히 먹어치웠다.

33 도시락

(1) 오레키 호타로의 편의점 도시락. 문집《빙과》편집 회의가 끝난 후 점심시간, 오레키 호타로가 미리 사 온 편의점 도시락을 꺼낸다. 가격은 400엔 미만.

(2) 오레키 호타로의 도시락. 문화제 둘째 날 아침, 누나 오레키 도모에가 만들었다. 요구르트 닭구이, 스파이시 콩조림, 나시고렝 등 에스닉풍 메뉴.
(3) 지탄다 에루의 도시락. 문집《빙과》 편집 회의가 끝난 후 점심시간, 퐁, 하고 김 빠지는 소리를 내며 지탄다 에루가 도시락 뚜껑을 열었다. 작지만 그럭저럭 식사라 할 정도는 되는 양. 내용물은 머위 조림, 두툼한 계란말이, 고기 고명.
(4) 이바라 마야카의 도시락. 가끔 가져오는 직접 만든 도시락. 후쿠베 사토시는 그 사실을 알고 있다.
(5) 오히나타 도모코의 도시락. 후쿠베 사토시의 여동생과는 도시락을 함께 먹는 사이.

34 야채 튀김 덮밥

이바라 마야카가 문화제 이벤트 '와일드파이어'에서 만든 요리. 볼에 밀가루를 쏟고 물과 얼음을 넣는다. 그 안에 썰어놓은 대파, 채 썬 양파, 분홍 새우 대가리를 넣고 섞어서 뜨거운 기름에 튀긴다. 사발에 담은 밥 위에 얹고, 갈아놓은 무를 얹어 간장과 미림으로 만든 양념소스를 살짝 끼얹어 완성. 뜨거울 때 먹어야 맛있다. 이바라 마야카는 야채 튀김 반죽을 기름에 넣을 때 국자가 없어서 갈팡질팡하는 바람에 튀기는 시간이 부족했다고 아쉬워했다.

35 호박

(1) 호박 모자. 문화제에서 방문 판매라며 과자를 팔러 다닌 제과 연구회 소속 여학생 2인조가 쓰고 있던 것. 무게 중심이 높은 곳에 있는지 달려갈 때 조금 흔들렸다.
(2) 긴장을 풀기 위한 이미지. 방송부 교내 라디오에 게스트로 출연하게 된 지탄다 에루가 긴장을 풀기 위해 사람을 호박이라고 생각하기로 한다. 지탄다가에서도 재배하는 작물이라 상상하기 쉽다.
(3) 호박. 신칸제에서 제과 연구회 테이블에 장식되어 있었다. 한 아름은 되는 폐포 종으로 오렌지색. 지탄다 에루의 말에 따르면 가미야마 시에서 생산하는 농가는 없다.

36 기세 두부

지탄다 에루가 문화제 이벤트 '와일드파이어'에서 만든 요리. 두부를 행주로 짜서 절구에 넣고 소금과 설탕을 뿌려 으깬다. 프라이팬에 기름으로 볶은 검은깨 위에 으깬 두부를 고루 편다. 위아래가 잘 구워지면 옮겨서 칼로 썰어 완성. 설탕이 눌어붙은 달짝지근한 냄새와 볶은 깨 냄새가 이루 말할 수 없이 향기로운 요리. 식어도 맛있다.

37 쿠키

신칸제에서 제과 연구회가 홍차와 함께 나눠준 수제 과자. 먹으면 제과 연구회에 들어가고 싶어지는 신비한 약이 들어 있다는 소문이다.

38 홍차

(1) 밸런타인데이 귀갓길에 오레키 호타로가 후쿠베 사토시에게 마시고 싶다고 졸랐다.
(2) 신칸제에서 제과 연구회가 쿠키와 함께 나눠준 음료. 보온병에 넣어둔 음료를 종이컵에 담아 건넸다. 그 모습을 보며 대화를 나누던 오레키 호타로는 그때까지 홍차를 끓여본 적이 없다는 사실을 지탄다 에루에게 들키고 만다.

39 커피

(1) 오레키 호타로가 카페 '파인애플 샌드'에서 주문한 뜨거운 커피. 산미가 강한 뜨거운 킬리만자로.
(2) 여름방학이 시작된 7월 말, 오레키 호타로가 항상 이용하는 자판기에서 산 블랙 캔 커피. 후쿠베 사토시를 만나려고 자전거를 타고 가미야마 고등학교로 가는 길에 잠시 휴식을 취했다.
(3) 고전부 동아리실에 모여 회의할 때 오레키 호타로가 망상하는 뜨거운 커피…… "냉방이 잘되는 찻집에서 산미가 강한 원두를 블랙으로 마시고 싶다".
(4) 2월의 어느 방과 후, 오레키 호타로가 오락실에서 후쿠베 사토시에게 얻어 마신 캔 커피. 뜨거운 건 잘 못 마시기 때문에 할짝할짝 마신다. 뜨거운 블랙커피.
(5) 생일날 점심 전에 일어난 오레키 호타로가 자택 부엌에서 끓인 커피. 오레키 호타로가 소파에서 일어나지 않고 복고양이 손을 움직여 만들어보려고 안간힘을 쓰다가 오레키 도모에의 명령으로 어쩔 수 없이 부엌에 가서 물을 끓여 만든다. 오레키 도모에는 제대로 마시지도 않고 외출했다.
(6) 생일 파티에서 주인공인 오레키 호타로가 손님을 위해 내놓은 커피. 집에 찾아온 지탄다 에루, 후쿠베 사토시, 이바라 마야카, 오히나타 도모코의 참가로 생일 파티에 흥이 붙고 이윽고 케이크가 등장할 차례가 된다. 오레키 호타로가 커피와 카페오레를 제안하자 모두 찬성해서 부엌에서 물을 끓였다. 갑작스러운 방문에 미리 준비하지 못해 인스턴트커피였다.
(7) 오히나타 도모코의 사촌 오빠가 경영하는 카페의 블렌드 커피. 가게 주인이 추천하는 블렌드를 모두 함께 마셨다. 그럭저럭 커피를 좋아한다고 생각했던 오레키 호타로였지만 얼마나 '절묘'한지는 분간할 수 없었다.
(8) 이바라 마야카가 기류에 있는 카페에서 주문한 커피. 화방에 간 이바라 마야카가 쇼핑 후에 카페에 들어가 커피와 레몬 케이크를 주문했다. 한 입 마셔보고 각설탕을 하나 넣고 마셨는데 굉장히 달아져서 놀랐다.

40 밀가루/박력분

문화제에서 오레키 호타로가 '볏짚 프로토콜'로 입수한 식재료. 노란색 종이봉지에 들어 있다. 문화제 둘째 날, 이벤트 '와일드파이어'에서 '팀 고전부'의 구세주가 된다.

41 스콘

오히나타 도모코의 사촌 오빠가 열 예정이었던 카페에서 나온 과자. 모니터 손님으로 찾아간 오레키 호타로, 후쿠베 사토시, 이바라 마야카에게 커피 이외의 메뉴를 달라고 오히나타 도모코가 요청해 가게 주인이 내주었다. 취향의 잼과 크림을 추가할 수 있어, 오레키 호타로는 딸기 잼과 플레인 크림, 후쿠베 사토시는 마멀레이드와 마스카포네 크림, 이바라 마야카는 마멀레이드와 플레인 크림, 오히나타 도모코는 딸기 잼과 마스카포네 크림을 선택했다. 친척의 희수연에 다녀오느라 늦은 지탄다 에루는 먹지 못했다.

42 수제비

정월에 아레쿠스 신사 경내에서 나눠주었다. 밤에 신사 아르바이트생이 냄비를 엎어버리는 바람에 새로 만들어야 했다.

43 치즈 핫도그

치즈가 든 핫도그. 학생들이 만든 단편 영화를 보던 후쿠베 사토시가 중얼거린 감상 속에 등장한다……. "그래. 이제 곧 사건이 벌어질 거야. 치즈 핫도그를 걸어도 돼".

44 칩스 스위트포테이토

고구마 칩. 상자에 들어 있다. 상자 뚜껑에는 가고시마 명과, JA 가고시마라고 적혀 있다. 바삭하고 살짝 달콤하다. 오히나타 도모코가 좋아하는 아티스트 투어 콘서트로 후쿠오카에 갔을 때 매점에서 샀다. 방과 후 고전부원에게 선물했다.

45 옥수수 빵

멕시코 민속 요리. 문화제에서 글로벌 액트 클럽이 개최한 패널 전시 〈당신도 할 수 있는 옥수수 빵 굽는 법〉에서 소개. 총무 위원회에는 사전에 알리지 않고 실제로 만든 빵을 방문객들에게 나누어주기도 했다.

46 나시고렝

볶음밥 요리. 문화제 둘째 날, 오레키 호타로가 점심으로 먹은 도시락. 만든 것은 누나 오레키 도모에. 쌀은 장립종을 사용.

47 여름귤 잼

산 히나 축제 이튿날, 지탄다 에루가 감기에 걸린 오레키 호타로의 위문품으로 가져왔다. 고급 잼 전문점 '밀플뢰르' 제품. 지탄다 왈, 홍차에 넣어 마시면 감기에 좋다. 홍차를 잘 마시지 않는 오레키 호타로는 스푼으로 작은 접시에 덜어 그대로 핥아 먹었다. 오레키 호타로의 집에서 생일 파티를 했을 때는 후쿠베 사토시가 선물한 비스킷에 곁들이려고 오레키 호타로가 냉장고에서 꺼내 온다.

48 피자

오레키 호타로의 생일 파티에서 오레키 호타로가 대접하려고 "피자라도 시키랴"라고 제안한다. 이바라 마야카가 치즈 냄새를 싫어한다고 해서 결국 주문하지 않았다.

49 비스킷

(1) 오레키 호타로가 물물교환한 제과 연구회 수제 과자. 한 봉지 100엔. 문화제 둘째 날, 고전부 동아리실에 나타난 제과 연구회 부원 두 명과 교환했다.
(2) 후쿠베 사토시가 사 온 과자. 오레키 호타로의 생일 파티에 가져온 선물. 조금 세련된 비스킷. 살짝 소금기가 있다. 오레키 호타로가 냉장고에서 꺼내 온 '밀플뢰르'의 여름귤 잼의 새콤한 맛에 잘 어울렸다.

50 돼지고기 된장국

후쿠베 사토시가 문화제 이벤트 '와일드파이어'에서 만든 요리. 물을 끓이는 동안 대파를 잘게 썬다. 대가리와 내장을 뺀 마른 멸치로 육수를 내고 무를 사등분으로 썬다. 마른 멸치를 건져내고 대파와 무, 잘게 썬 돼지고기를 넣고 흰 된장을 풀어 완성. 먹기 직전에 데운다.

51 베이크드 치즈 케이크

온천 민박집 '세이잔소'의 첫째 날 저녁 식사에서 디저트로 나온 과자. 이바라 마야카의 친척집 딸 젠나 리에 수제품. 이바라 마야카는 치즈를 좋아하지 않지만 치즈 케이크는 괜찮다.

52 베이컨 이삭 빵

문화제 둘째 날 이바라 마야카의 점심 메뉴. 매점에서 구입. 손으로 찢어 먹는다.

53 말차

이리스 후유미가 찻집 '히후미'에서 주문했다. 다과가 같이 나온다.

54 말차 우유

종이 팩에 들었다. 가미야마 고등학교 매점에서 판매하고 있다. 지탄다 에루가 "최근 빠져 있다"는 음료. 지탄다 에루는 카페인을 싫어하지 않았던가 하고 오레키 호타로가 의아해한다.

55 옥로차 냉침

오레키 호타로가 찻집 '히후미'에서 주문했다. 찻종에 나온다. 메뉴판 맨 위에 적혀 있으며 '어지간한 저녁 식사보다 비싼 가격'. 다과는 단맛이 강렬한 모나카.

56 경단 꼬치

(1) 산 히나 축제가 끝나고 큰일을 마친 오레키 호타로가 후쿠베 사토시, 이바라 마야카와 합류해 미즈나시 신사 경내 구석에서 먹었다.
(2) 아레쿠스 신사 참배길에 있는 경단

가게에서 한 개 80엔에 판다. 호시가야 배 종반, 오레키 호타로는 양념장 묻은 쪽을 먹고 싶어 했지만 체육복에 양념장이 묻으면 둘러대기 귀찮다는 오히나타 도모코의 지적에 단념하고 쑥 경단으로 산다.

57 모나카

찻집 '히후미'에서 오레키 호타로가 주문한 옥로차 냉침에 곁들여 나온 다과. 이쑤시개로 찍어 먹는다. 혀 위에 얹으면 강렬한 단맛이 느껴진다.

58 군고구마

문화제에서 원예부가 나눠주었다. 불을 쓰려면 물을 준비해야 하는데 단순히 물통만 준비하면 멋이 없어 부원이 소총형 물총을 가져왔다.

59 쑥 경단

호시가야 배 종반, 오레키 호타로가 오히나타 도모코와 함께 먹는다. 아레쿠스 신사 참배길에 있는 경단 가게에서 꼬치 한 개(경단 다섯 개)에 80엔에 팔고 있으며 양념장과 쑥을 고를 수 있다. 오레키 호타로와 오히나타 도모코 둘이서 세 개를 주문해, 평상에 나란히 앉아 먹었다.

60 고사리 된장국

신칸제에서 조리 연구회가 선보일 예정이었다.

· 물건 ·

61 끈 달린 주머니

(1) 후쿠베 사토시가 늘 들고 다닌다. 산 히나 축제 때 들고 있던 것은 마 소재. 내용물은 필기도구일 때가 많다. 그 밖에 스테이플러, 요구르트, 지혜의 고리, 껌, 도서실에서 빌린 책, 수제 초콜릿, 일회용 카메라 등.
(2) 지탄다 에루가 정월에 들고 있었다. 연보라색에 금실로 장식하고 국화 문양을 수놓았다. 바닥을 묶은 상태로 아레쿠스 신사 헛간 근처에 떨어져 있는 것이 발견되어 매점에 있던 이바라 마야카에게 분실물로 접수된다.

62 휴대전화

오레키 호타로와 지탄다 에루는 없다. 오레키 호타로에게 휴대전화가 없는 이유는 돈이 없어서.

63 지갑

(1) 지탄다 에루의 지갑은 가죽 제품.

(2) 오레키 호타로의 지갑은 데님 소재의 반지갑 타입. 지폐, 동전, 카드 수납 공간이 있고 월렛 체인을 연결하는 금속 고리가 있다. 정월 밤, 아레쿠스 신사 헛간에 갇힌 오레키 호타로가 내용물을 빼내고 금방 뽑은 '흉' 점괘를 묶어서 헛간 틈새로 바깥에 떨어뜨렸다.

64 사인펜

산 히나 축제가 끝난 오후, 지탄다 에루가 주머니에서 꺼냈다. 뚜껑을 빼고 쓰는 타입. 나카가와 토목점에 전화해 공사 일정을 변경한 범인으로 짐작 가는 인물이 있던 오레키 호타로와 지탄다 에루는 사인펜으로 각자 손바닥에 그 인물의 이름을 쓰고 '하나 둘 셋' 신호로 서로 보여주었다.

65 숄더백

오레키 호타로가 사용하는 가방. 보통 어깨에 메거나 자전거를 탈 때는 등에 메기도 한다. 지퍼로 여닫는 타입.

66 일회용 카메라

후쿠베 사토시가 산 히나 축제 행렬을 촬영하려고 들고 있었다. 오전 보충수업 때문에 산 히나 축제를 놓칠 거라고 예상했지만 만일의 경우에 대비해 끈 달린 주머니에 넣어두었다가 산 히나 경로 변경으로 시간이 어긋난 덕에 행렬을 찍는 데 성공했다. 하지만 후쿠베 사토시는 최고의 도구를 사용하지 못했다고 다소 불만스러운 기색.

67 손수건

(1) 이바라 마야카의 소지품. 문화제 마지막 날 오전에 포스터를 제작하다가 붓을 빠는 물통의 물을 뒤집어써서 주머니에서 손수건을 꺼내 옷을 닦았다. 하얀 손수건은 누르스름한 회색으로 물들었다.
(2) 지탄다 에루의 소지품. 정월 밤, 아레쿠스 신사 헛간에 갇혀 이바라 마야카에게 신호를 보내기 위해 헛간 틈새로 바깥에 떨어뜨린다. 가장자리가 레이스로 장식된 진주색 손수건.

68 산악용 자전거

후쿠베 사토시가 애용하는 자전거. 왼쪽 손잡이를 걸레 조각으로 보수했다.

69 복고양이

오레키가家 거실 조명용 리모컨. 오레키 도모에가 구입한 물건. 실실거리는 입가에 단 한 글자, '길吉'이라고만 적힌 동전을 들고 있다. 원래 속은 비어 있고 팔이 용수철로 손짓하듯 움직이는 장치였지만 오레키 도모에가 개조해서 속에 형광등 리모컨을 넣었다. 복을 부르듯 손을 움직이면 복고양이 눈에서 적외선 광선이 나와 거실 조명을 끄고 켤 수 있다.

70 안경

안경을 쓰는 사람은 사서 선생님 이토이가와 요코(글씨를 쓸 때), 이바라 마야카의 친척집 딸 젠나 리에(커다란 무테 안경), 2학년 F반 스기무라 지로(〈만인의 사각〉 극중), 2학년 F반 하바 도모히로, 2학년생 다나베 지로(렌즈가 작은 안경), 주몬지 가호(렌즈가 작은 안경), 기술부 부장 다야마 가즈야(무테안경).

71 원피스

지탄다 에루의 사복으로 자주 나온다. 카페 '파인애플 샌드'에서 오레키 호타로와 이야기할 때는 거의 흰색에 가까운 크림색 원피스. 지탄다가에서 검토회를 할 때는 연두색 원피스. 그 외에 온천 민박집 '세이잔소'에서 합숙한 첫째 날과 둘째 날에 입었다.

· 가미야마 시 ·

72 아부미다케

가미카키우치 산을 이루는 산봉우리 중 하나. 1999년에 가미야마 산악회 주최로 등산길 미화를 위해 자원봉사자 등 11명이 주변 쓰레기를 주웠다.

73 아레쿠스 신사

가미야마 시에서도 손꼽히는 규모를 자랑하는 오래된 신사. 주몬지 가호의 집. 오레키 호타로의 집에서는 자전거로 금방 갈 수 있는 거리. 정월 밤, 오레키 호타로와 지탄다 에루가 석조 도리이 밑에서 만났다.

74 이리스가

가미야마 명가 중 하나. 지탄다가와 집안끼리 교류가 있다. 가미야마 시에서 일본적십자 병원 다음가는 규모를 자랑하는 종합병원인 렌고 병원을 운영.

75 인지 중학교

가미야마 시에 있는 중학교. 지탄다 에루가 졸업한 중학교.

76 신사

작은 신사. 문화제 전날 밤, 지탄다 에루가 기도하러 갔다. 곤란한 일이 생기면 이 신사를 찾아가 기도를 하는 게 지탄다 에루의 비밀 습관이 되어 고등학교 입시 때, 《빙과》 사건 때도 기도를 했다.

77 오레키가

오레키 호타로가 사는 집. 주택가에 있다. 이 층 건물로 1층에는 거실과 부엌, 2층에는 오레키 호타로의 방, 오레키 도모에의 방. 거실에는 텔레비전과 낮은 테이블과 소파가 있고 구석에는 데스크톱 PC(오레키 도모에가 쓰던 것)가 있다. PC는 오레키가의 공유 인터넷 단말이지만 사용하는 사람은 오레키 호타로뿐. 아레쿠스 신사에는 자전거로 금방 갈 수 있는 거리. 가미야마 고등학교까지는 도보로 20분. 가미야마 시민 문화회관까지는 자전거로 10분 정도.

78 가부라야 중학교

가미야마 시에 있는 중학교. 오레키 호타로, 후쿠베 사토시, 이바라 마야카, 오히나타 도모코 등이 졸업한 중학교. 약칭은 가부 중. 출입구는 학생용과 내빈용, 직원용 세 군데. 두 개 있는 계단 중 한쪽 계단 밑 정면 벽에 졸업 작품 〈추억의 거울〉이 있다.

79 가미카키우치 산

가미야마 시의 산들. 3000미터급의 험준한 산이 이어지며 산맥을 사이에 둔 두 지역은 기후가 완전히 다르다. 대표적인 산봉우리로 아부미다케, 시코로다케가 있다. 오레키 도모에는 초심자에게 적합한 2000미터대 후반의 산을 몇 개 제패한 적이 있다.

80 가미야마 고등학교

학생 수로도 입지로도 그리 크지 않은 고등학교. 특별 수업에 주력하지는 않지만 일단 입시 인문학교로 전체 학생 수는 1000명 안팎. 진기한 동아리(수묵화부나 아카펠라부, 고전부 등)가 많아 문화제가 활발한 것으로 유명하다. 부지 안에 있는 커다란 건물은 일반 교실이 있는 일반동, 특별 교실이 있는 특별동, 체육관의 세 건물. 일반동과 특별동을 잇는 연결 통로가 있다. 그 외에 격투기 훈련장, 체육 창고가 있다. 교복은 남자가 스탠드칼라, 여자는 칼라와 타이가 흰색인 세일러복으로 옷깃의 배지로 학년을 알 수 있다. 여름방학에는 사복으로 등교할 수도 있다. 방한복은 사복도 가능.

81 가미야마 시민문화회관

가미야마 시 문화시설. 붉은 벽돌 같은

타일로 덮인 사 층짜리 건물. 대공연장과 소공연장을 갖추고 있다. 수용 인원은 대형 공연장이 1200명, 소공연장이 400명. 3층까지 뚫려 있는 현관홀에는 검은 대리석이 깔려 있다. 안내 데스크에는 하늘색 유니폼을 입은 담당자가 있다. 에지마 합창 대회 회장으로 쓰였다.

82 가미야마 상업고등학교

가미야마 시에 있는 상업고등학교. 지탄다 에루의 친구가 다니고 있다. 문화제에서 판매 담당이 뒤에서 공갈 협박으로 매상을 전부 빼앗기는 문화제 습격이 벌어졌다.

83 가미야마 시립 도서관

가미야마 시 도서관. 카운터에 있는 사서에게 부탁하면 신문 기사를 검색해 준다.

84 오락실

상점가 한쪽 구석, 이발소 옆에 있다. 조명이 굉장히 밝고 소형 게임기는 가게 구석으로 밀려나고 대형 게임기가 판을 치고 있다. 오레키 호타로와 후쿠베 사토시가 했던 게임은 로봇 간의 전투를 시뮬레이션 하는 게임. 한 판에 100엔.

85 고분도(문방구)

역에서 조금 떨어진 곳에 있는 문방구. 옛날부터 있는 작은 가게로 노부부가 운영하고 있다. 근처에 기타 초등학교가 있어 초등학생들이 평소 쓰는 물건들을 갖추고 있다.

86 고분도(서점)

국도변에 있는 서점. 고분도 서점이라 불리기도.

87 자이젠 마을

등산길 초입과 온천으로 유명한 산간 마을. 가미야마 시에서 버스로 한 시간 반, 고갯길의 종점. 이바라 마야카의 친척이 경영하는 온천 민박집 '세이잔소'가 있다.

88 시코로다케

가미카키우치 산을 이루는 산봉우리 중 하나.

89 상점가

아케이드가 있어 오레키 호타로가 비 오는 날에 흔히 돌아가는 길. 포목점, 양장점, 이발소, 오락실 등이 있다. 점포 사이로 가미야마 고등학교의 모습이 살짝 보인다. 인도에는 타일이 깔려 있고 도로는 폭이 좁아 경트럭이 겨우 지나간다.

90 진데

가미야마 시 북동부 일대를 가리킨다.

지탄다 에루가 사는 지역.

91 경단 가게

호시가야 배 종반에서 오레키 호타로와 오히나타 도모코가 쑥 경단을 먹은 가게. 아레쿠스 신사의 넓은 참배길, 많은 가게들이 늘어선 곳에 있다. 가게 앞에는 커다란 전통 우산과 다다미를 깔아놓은 평상이 있고, 가게 주인은 살가운 노파.

92 지탄다가

가미야마의 명가 중 하나. 호농. 가문의 역사는 에도시대 초기까지 거슬러 올라간다. 현 당주 부인(지탄다 에루의 어머니)의 친정인 세키타니가와는 현재 소원하다. 광대한 전답 안에 있는 저택은 산울타리에 둘러싸인 단층 가옥. 아름답게 가꾼 소나무가 우거진 정원에는 연못이 있고 자연스러운 화려함과 풍류를 함께 갖추었다. 봉당은 돌바닥, 복도는 마룻바닥. 재배하는 작물은 쌀, 호박, 밀 등.

93 자전거 보관소

가미야마 고등학교의 자전거 보관소. 학교 건물 뒤편에 있다. 여름방학 며칠 동안은 정비 때문에 자전거 보관소 사용이 금지되었다.

94 조큐 다리

진데에 있는 작은 다리. 개울 옆 벚나무를 지나 커브를 하나 꺾으면 나온다. 폭이 좁아 차는 지날 수 없다. 거의 거무튀튀한 빛깔의 목제 다리로 아스팔트 포장도 되어 있지 않다. 노후화 때문에 산 히나 축제 당일에 교체 공사를 했다.

95 도지 다리

진데에 있는 다리. 조큐 다리보다 하류에 있다. 산 히나 축제 당일, 조큐 다리가 공사중이라 사용하지 못하게 된 탓에 급히 경로를 변경하게 되어 산 히나의 행렬이 건너간 다리.

96 나라쿠보 지구

가미야마 시에서 북쪽으로 20킬로미터쯤 가면 나오는 후루오카 정의 후루오카 광산이 운영되고 있었을 때 채굴갱이 있던 지구. 가미야마 고등학교 2학년 F반 독립 제작 비디오 영화 촬영지. 교통은 불편하지만 광산 전성기에는 최고로 융성했다. 지금은 폐촌이지만 광산 시설은 아직 살아 있으며 나라쿠보 지구는 광산 관리하에 있다.

97 파인애플 샌드

카페. 지탄다 에루의 호출을 받은 오레키 호타로가 약속 장소로 정했다. 규모는 작지만 간판은 눈에 띈다. 유선 방송을 틀지 않아 조용한 가게 내부와, 다갈색을 기조로 한 중후한 내부 인테리어와 산미가 강한 킬리만자로 때문에 오레키 호타로가 좋아한다. 오레키 호타로에 따르면 "이 집에서 커피를 마시지 않는 것은 우에노 동물원에 가서 판다를 보지 않는 것이나 다름없다". 훗날 이전했다.

98 하치만구 신사

오레키 호타로의 집 근처에 있다. 조용하고 앉기에 안성맞춤인 돌이 있다.

99 호키야

옷가게. 지탄다 에루의 단골 가게.

100 미즈나시 신사

가미야마 시 북동부, 진데에 있는 신사. 지탄다 집에서 개울을 사이에 둔 반대편 절벽에 산을 파고들 듯 세워져 있다. 매년 음력 히나 축제에 곱게 차려입은 소녀 '산 히나'를 선두에 세운 행렬이 마을을 도는 '산 히나 축제'를 연다.

101 밀플뢰르

인기 많은 잼 전문점. 비싸지만 맛있다. 산 히나 축제의 답례와 감기 병문안을 겸해 지탄다 에루가 오레키 호타로의 집을 찾아갔을 때 위문품으로 이 가게에서 산 여름귤 잼을 가져갔다.

102 렌고 병원

이리스가가 경영하는 종합병원. 가미야마 시에서는 일본 적십자 병원 다음가는 규모를 자랑하는 종합병원. 가미야마 고등학교에서 도보 5분.

김선영

◎ 옮긴이

한국 외국어 대학교 일본어과를 졸업했다. 다양한 매체에서 전문 번역가로 활동했으며 특히 일본 미스터리 문학에서 왕성한 활동을 하고 있다. 옮긴 책으로는 요네자와 호노부의 『이제 와서 날개라 해도』를 비롯해, '소시민' 시리즈, 『야경』, 『엠브리오 기담』, 『쌍두의 악마』, 『인형은 왜 살해되는가』, 『살아 있는 시체의 죽음』, 『손가락 없는 환상곡』, 『고백』, 『클라인의 항아리』, 『열쇠 없는 꿈을 꾸다』, 『완전연애』, 『경관의 피』, 『흑사관 살인사건』 등 다수의 작품이 있다.

요네자와 호노부와 고전부

1판 1쇄 2021년 7월 9일
1판 3쇄 2024년 2월 14일

지은이 요네자와 호노부 외
옮긴이 김선영

책임편집 지혜림
편집 임지호 이송 김유진
디자인 이혜경디자인
표지일러스트 뽀얀 신은정
저작권 박지영 형소진 최은진 서연주 오서영
마케팅 정민호 서지화 한민아 이민경 안남영 왕지경 황승현 김혜원 김하연 김예진
브랜딩 함유지 함근아 고보미 박민재 김희숙 박다솔 조다현 정승민 배진성
제작 강신은 김동욱 이순호
제작처 영신사

펴낸곳 (주)문학동네
펴낸이 김소영
출판등록 1993년 10월 22일 제2003-000045호
주소 10881 경기도 파주시 회동길 210
문의 031-955-1901(편집) 031-955-2696(마케팅) 031-955-8855(팩스)
전자우편 elixir@munhak.com
홈페이지 www.elmys.co.kr
인스타그램 및 트위터 @elixir_mystery

ISBN 978-89-546-8039-4 03830

엘릭시르는 출판그룹 문학동네의 장르문학 브랜드입니다.

잘못된 책은 구입하신 서점에서 교환해드립니다.
기타 교환 문의 031-955-2661, 3580